只在寻芳陶冶心

——走读日记小诗

卢厚实 著

 海峡出版发行集团 | 海峡文艺出版社

图书在版编目(CIP)数据

只在寻芳陶冶心：走读日记小诗/卢厚实著.—福州：海峡文艺出版社,2023.10
ISBN 978-7-5550-3410-0

Ⅰ.①只… Ⅱ.①卢… Ⅲ.①诗集－中国－当代 Ⅳ.①I227

中国国家版本馆CIP数据核字(2023)第185371号

只在寻芳陶冶心——走读日记小诗

卢厚实　著
出 版 人　林　滨
责任编辑　余明建
出版发行　海峡文艺出版社
经　　销　福建新华发行(集团)有限责任公司
社　　址　福州市东水路76号14层
发 行 部　0591－87536797
印　　刷　福建东南彩色印刷有限公司
厂　　址　福州市金山浦上工业区冠浦路144号
开　　本　720毫米×1010毫米　1/16
字　　数　120千字
印　　张　21
版　　次　2023年10月第1版
印　　次　2023年10月第1次印刷
书　　号　ISBN 978-7-5550-3410-0
定　　价　68.00元

如发现印装质量问题,请寄承印厂调换

目录

赞红旗渠 / 1

驻马店嵖岈山 / 1

登信阳鸡公山 / 1

沙县卧佛 / 2

春雨时游沙县七仙洞 / 2

福州北峰油桐花 / 2

福州榕树 / 3

河南嵩山白云山 / 3

开封铁塔 / 3

中原三月三拜轩辕 / 4

登焦作云台山主峰茱萸峰 / 5

新疆天山天池 / 5

新疆世界魔鬼城 / 5

参观平潭综合实验区有感(二首) / 6

清明节扫父母墓 / 6

参观寿县历史文化古城感想出生地 / 7

参观安徽渡江战役纪念馆 / 7

送驻村第一村支书上任
　　——送省委办公厅第四批扶贫驻村第一村支书赴长汀上任 / 8

春日屏山院晨练图景 / 8

游长乐市郊湖山门 / 9

傍晚游杭州西湖印象 / 9

观杭州市旁钱塘江 / 9

沿高速至武夷山景观感 / 10

观龙海荔枝海公园 / 10

初识太原印象 / 11

上五台山 / 11

看平遥古城有感(二首) / 11

逛乔家大院 / 12

谒晋祠 / 12

参观冰心文学馆有感 / 13

台北印象 / 13

台北故宫博物院 / 14

盛夏正午游日月潭 / 14

阿里山森林公园 / 15

听孟伟院士环境保护讲座有感 / 15

记梦·夜回故乡查坪村 / 16

月是故乡圆
　　——有感于几家乡亲过中秋 / 16

第三十个教师节有感 / 17

贺儿子儿媳婚礼 / 17

赞福州镇海楼 / 18

登滕王阁 / 18

观岳麓书院 / 18

登橘子洲瞻青年毛泽东雕塑 / 19

拜谒毛主席故居 / 19

参观合肥李府有感 / 20

合肥包公祠诏"廉" / 20

巢湖晚霞 / 21

冬日晨练对话屏山大院清洁工 / 21

老家的玉芦馍 / 22

屏山院里早春图 / 22

大年三十屏山院晨练怀故乡 / 23

大年初二晨练赞清洁工 / 23

喜见小鸟访窗台 / 24

屏山院晨练赏花鸟 / 24

雨后落花感 / 24

福州拗九节 / 25

遥祭 / 25

春过清明 / 26

月桂真闺秀 / 26

过平潭南海滨大道 / 26

黄昏陋室闲读 / 27

参观长汀水土流失治理有感 / 27

观东山木麻黄防护林赞谷文昌精神 / 28

谷文昌纪念园 / 28

东山风动石 / 28

参观中国闽台缘博物馆 / 29

遥望黄鹤楼 / 29

武汉印象"十高" / 30

何翁精神不朽

——路过濯田镇梅迳村老一辈革命家何叔衡牺牲地所想 / 30

江布拉克盛夏美 / 31

夜宿阿勒泰山下小旅馆 / 31

赞胡杨木 / 32

参观石河子市 / 32

新疆吐鲁番火焰山 / 33

参观省警示教育基地 / 33

长相思·旗山鸣鼓山鸣
　　——有感9月9日国务院批复设立福州新区 / 34

国庆长假宅家不出门 / 34

贺重阳 / 35

下雨晨读诗篇有感 / 35

青春时迷惘 / 35

父母即是家 / 36

再访龙海联系困难户 / 37

赞老同志高尚情操
　　——主持召开省委办公厅离退休老同志征求意见会有感 / 37

一代名相李光地
　　——参观清朝文渊阁大学士李光地安溪县湖头故居 / 38

读皮日休《咏蟹》随感 / 38

元旦观三角梅 / 38

贴春联叹时光 / 39

过年 / 39

晨练西湖栈道见天空倒影 / 40

怜惜凋残白玉兰 / 40

再读《与妻书》
　　——陪安徽省委改革办同志参观林觉民故居后 / 40

如梦令·想起大别山上野兰花 / 41

连阴初晴小鸟叫人 / 41

观霞浦杨家溪榕枫公园 / 42

赞中国第一扶贫村
　　——与中办在闽挂职干部一起参观福鼎市赤溪村／42
寿宁木拱廊桥／43
观龙岩主席园／43
登上杭毛泽东旧居临江楼感／43
首次乘合福高铁回家乡／44
记古碑中学第四届高中同学毕业四十年聚／44
参观儿时小学住家旧址（二首）／45
走访老家查坪小山庄／46
学先烈警示腐／46
榕城落叶四月春／47
灾害难预断
　　——写在泰宁泥石流灾难翌日／47
中央党校
　　——参加党内法规制度建设研讨班／47
傍晚逛颐和园／48
参观北大清华／48
遗憾未能游无锡／48
忆昔少时过六一／49
郑和雕像前反思
　　——陪北京客人参观长乐海丝馆／49
长乐金刚腿／50
昙石山文化遗址／50
想起家乡篛叶粽／50
晨练见左海旧书市场／51
做人简理
　　——由一朋友被他人误解而联想／51
知足自安
　　——读布袋和尚《插秧歌》／51

有感一些城市绿化 / 52

奇观一瞥 / 52

黄昏时逛筼筜湖 / 52

夜逛厦大兴叹 / 53

厦门 / 53

逛晋江五店市传统街 / 54

晨练泉州桃花山下湖边 / 54

泉州桃花山上听蝉声 / 54

力量
　　——贺建党九十五周年 / 55

平潭石厝人家 / 55

夜逛杭州京杭大运河感 / 55

夜览绍兴鲁迅故里 / 56

杭州西湖苏堤 / 56

晨练左海观荷花 / 57

忆儿时夏日纳凉 / 57

赴宁夏飞行经西安所想 / 58

宁夏水洞沟 / 58

西夏王陵 / 58

贺兰山岩画 / 59

贺兰山 / 59

银川 / 59

宁夏沙湖 / 60

登中华黄河楼 / 60

游青铜峡 / 61

七夕节傍晚遐想 / 61

大田县印象 / 62

清早步行大田绿道 / 62

赞客家土楼 / 62

观永定客家家训馆启示 / 63

华安县城印象 / 63

贺中国女排里约夺冠 / 63

赞隧道
　　——赴邵武穿万米隧道想 / 64

访修复中的和平古镇 / 64

邵武平和书院 / 65

八闽要塞第一关
　　——访光泽止马镇古杉关 / 65

丽江行 / 65

夜逛丽江古城街 / 66

蓝月谷的水 / 67

阴雨天上玉龙雪山 / 67

洱海 / 67

初识大理 / 68

夜晚散步澜沧江岸 / 68

基诺山寨 / 69

云南民族村 / 69

中秋愁
　　——"莫兰蒂"超强台风夜度中秋 / 70

赞天宫二号 / 70

十五月亮十七圆 / 70

日月同辉纪盛年
　　——清晨晨练见日月同辉有感 / 71

观成都武侯祠（汉昭烈庙）/ 71

佛教圣地峨眉山 / 71

夜逛成都宽窄巷遐想 / 72

青城山 / 72

都江堰 / 72

武夷山 / 73

大红袍传奇 / 73

政和白茶 / 74

政和孕育朱子地 / 74

赞老代表
　　——91岁离休干部吕居永参加省十次党代会 / 74

千年涌泉寺 / 75

鼓山 / 75

闽北深山慰问困难户有感 / 76

车行闽北深山村 / 76

悟登山 / 76

深圳罗湖老街 / 77

游深圳锦绣中华园 / 77

丁酉开工逢春日 / 77

喜见两株玉兰花竞艳 / 78

观三明万寿岩遗址 / 78

夜逛北京后海街 / 78

夜逛北京簋街 / 79

参加省直机关植树 / 79

西湖寻春
　　——微信见红衣美女西湖桃花前留影 / 79

清明节假瞻仰家乡金寨红军广场 / 80

途经皖南观油菜花 / 80

采石矶江边说李白 / 81

福州落叶春似秋 / 81

夜逛南平市(延平)街区 / 81

登山
　　——访福建省登山协会 / 82

福州福道 / 82

游永泰嵩口古镇 / 83

观永泰县嵩口民俗博物馆
　　——触景生情忆儿时农家印象 / 83

夜走漳州九龙江郊野公园 / 84

赞龙江精神
　　——赴龙海榜山镇洋西村龙江精神发源地调研有感 / 84

老家古井 / 84

雨中走左海观荷苗 / 85

福州大腹山步道 / 85

观修复中的福州上下杭 / 85

游仙游菜溪岩 / 86

星晚逛福道 / 86

与同学鼓岭休闲 / 87

端午节假出游夜宿武夷山 / 87

浙江龙泉印象 / 88

婺源徽派建筑 / 88

婺源江湾 / 88

鹰潭龙虎山 / 89

平潭坛南湾 / 89

窗下雨读 / 90

傍晚乘机赴北京见天宫美景 / 90

里约热内卢面包山 / 90

巴西智利的涂鸦 / 91

美国华盛顿国家广场印象 / 91

旧金山 / 92

台风后晨练 / 92

福州鼓岭柳杉王 / 93

清晨观建宁坪上梯田荷花 / 93

食安天下安
　　——食品安全法实施情况检查所思 / 93

遗憾不见太姥山
　　——天鸽台风时路过太姥山下有感秦屿镇更名为太姥山镇 / 94

登厦大主楼 21 层望金门 / 94

老兵惜别
　　——送武警三中队老兵退伍 / 95

屏山大院松鼠 / 95

观花工浇花圃 / 95

敬先烈
　　——参加省市向烈士敬献花篮仪式 / 96

新疆戈壁荒漠 / 96

从乌鲁木齐穿戈壁高速赴伊犁 / 97

过新疆伊犁果子沟大桥 / 97

赛里木湖 / 97

参观伊犁将军府 / 97

克拉玛依石油磕头机 / 98

克拉玛依观千亩向日葵 / 98

游新疆过中秋 / 98

参观可可托海三号矿脉 / 99

阿勒泰可可托海大峡谷 / 99

天苍苍野茫茫
　　——黄昏阿勒泰赴奇台感受天苍地茫 / 100

坎儿井 / 100

在新疆赴鄯善县喜见大雪 / 101

赴顺昌见毛竹林 / 101

重阳早晨西湖赏菊花 / 102

建宁尚蟹 / 102

立冬翌日见香樟落红叶感 / 102

夜观西湖菊展 / 103

再赴顺昌观竹器加工 / 103

逛西湖又观福州冬菊 / 103

黄昏闲逛洛阳江 / 104

泉州洛阳桥 / 104

过安溪远观茶山 / 105

元旦晨练西湖左海 / 105

53层高楼观闽江两岸夜景 / 105

立春 / 106

榕城寒冬 / 106

在顺昌夜观知青雕像群 / 106

观顺昌合掌岩上万佛字 / 106

游莆田九龙谷国家森林公园 / 107

逛天安门广场遐想 / 107

幸福是奋斗出来的
　　——在北京参加工人日报与闽一线劳模代表两会夜话感 / 108

瞻仰人民英雄纪念碑 / 108

参观北京鲁迅博物馆感 / 108

观梅兰芳纪念馆遇闭馆 / 109

观北京钟鼓楼 / 109

游北京潭柘寺 / 110

再访梅兰芳纪念馆感 / 110

逛北京恭王府随想 / 111

逛西湖观宛在堂 / 111

乘高铁途经江南赏春 / 112

清明扫墓 / 112

清晨登大坝观金寨梅山水库 / 113

正午观赏五四路上木棉花 / 113

夜逛海峡茶都 / 114

龙岩古田五龙村 / 114

赞劳模
　　——参加省庆五一暨劳模表彰大会感 / 115

晨练观西湖开化寺 / 115

观西禅寺报恩塔 / 116

西湖晨练谒林则徐塑像 / 116

长汀店头街 / 116

重走红军长征路感
　　——参观工农红军第一村长汀南山镇中复村 / 117

松毛岭之战
　　——瞻仰长汀松毛岭战役烈士纪念碑 / 117

长汀丁屋岭客家山寨 / 118

铮铮铁骨瞿秋白
　　——参观瞿秋白纪念馆 / 118

毛主席牵挂的长汀老古井 / 119

长汀辛耕别墅 / 119

长汀店头街喝客家摔碗酒 / 120

参观红旗跃过汀江渡口感 / 120

政和观紫薇花 / 120

冒雨经政和至武夷山 / 121

雨后武夷山 / 121

观炼钢随想
　　——赴三钢执法检查观炼钢 / 121

初登庐山 / 122

经北山公路登庐山 / 122

庐山三叠泉 / 123

庐山如琴湖 / 123

观白居易草堂 / 123

晨练杭州贴沙河感 / 124

观杭州梦想小镇 / 124

笼鸟
　　——晨练杭州贴沙河公园观老人遛鸟 / 125

远眺六和塔 / 125

过钱塘江大桥赞英雄桥 / 126

沈阳路观9·18纪念碑 / 126

大连棒棰岛 / 127

大连印象 / 127

在吉林看东北二人转 / 127

太阳岛二景观 / 128

哈尔滨虎园观虎叹 / 128

晨练厦门市区铁路文化公园 / 129

深圳紫荆山庄 / 129

古都西宁 / 130

青海湖 / 130

清晨观西宁南禅寺法幢寺感 / 130

青海日月山 / 131

拜青海塔尔寺 / 131

甘肃敦煌 / 132

甘肃鸣沙山 / 132

甘肃鸣沙山骆驼 / 133

甘肃月牙泉 / 133

甘肃莫高窟 / 133

黄河边观水车展 / 134

歇夜兰州初识印象 / 134

教师赞 / 135

红色井冈山 / 135

黄洋界保卫战 / 136

井冈山烈士纪念馆凭吊先烈 / 136

清晨观井冈山火矩广场感 / 137

黄果树瀑布 / 137

从贵阳经高速至黔西南布依族苗族自治州 / 137

贵州马岭河大峡谷 / 138

国庆长假贵州旅游 / 138

贵州兴义万峰林 / 138

游乌蒙大草原遭遇大雾 / 139

贵阳青岩古镇 / 139

将乐(二首) / 140

将乐高塘镇常口村农家喝擂茶 / 141

媒体报道港珠澳大桥开通有感 / 141

环卫工人节赞环卫工人
　　——第23个环卫工人节环卫工人走进省人大机关活动有感 / 141

陪人大代表夜游闽江观榕城夜景 / 142

有感岩石缝中生长榕树 / 142

观龙岩江山镇睡美人 / 142

庆祝改革开放40年 / 143

致敬,百名改革先锋 / 144

赞哑语老师
　　——随领导去福州聋哑学校慰问三十年教龄老师 / 144

大年初一与朋友游南普陀寺 / 144

游厦门翔安澳头小镇 / 145

大年初三赴三平寺遇塞车成龙 / 145

游平和三平寺 / 146

一代国学大师林语堂
　　——参观平和林语堂文学馆 / 146

正月初四与同事在其莆田家过大年 / 147

潮江楼
　　——随省人大两级党组赴马尾潮江楼廉政教育基地参观 / 147

妈祖

　　——陪同在闽全国人大代表视察湄洲岛 / 148

湄洲岛 / 148

莆田木兰陂 / 148

玉兰落花感 / 149

雷锋日里说雷锋 / 149

人民大会堂福建厅观武夷山水画 / 149

逛北京八大胡同 / 150

北京前门大街 / 150

卢沟桥 / 151

宛平城 / 151

泰宁(二首) / 152

观尚书第说李尚书 / 152

清晨参观大别山艺术馆兰花展及兰花市场 / 153

再拜主席园 / 153

在龙岩古田吃红米饭南瓜汤所想 / 154

忆儿时家乡小河

　　——参加省人大水污染防治法执法检查组全体会议有感 / 154

历史文化名城建瓯 / 155

千年古镇洋口(二首) / 155

参观闽东工农红军独立师整编地宁德九都桃花溪 / 156

福安畲族代表之家听畲族姑娘唱敬茶歌 / 156

参观福安溪柄镇斗面村中共闽东特委机关旧址 / 157

郑虎臣

　　——调研福安溪柄镇榕头村观郑虎臣雕像 / 157

湖南第一师范学院 / 158

登长沙天心阁 / 158

阴雨天登南岳祝融峰 / 159

爱晚亭 / 159

香港星光大道 / 160

傍晚漫步香港海滨长廊 / 160

重访香港感 / 160

永远盛开的紫荆花
　　——观香港金紫荆广场国务院贺香港回归赠雕塑 / 161

夜游香港太平山遗憾 / 161

由香港过港珠澳大桥 / 162

盛世莲花
　　——观澳门国务院贺澳门回归赠"盛世莲花"雕塑 / 162

澳门塔观女生233米蹦极跳 / 162

澳门塔上观澳门珠海 / 163

赴厦门乘动车座位背朝前所感 / 163

晨练厦门海滨大道 / 163

清晨大雾厦门看海 / 164

老英雄张富清 / 164

忆儿时的乐 / 164

永春普济寺 / 166

再读《乡愁》
　　——参观永春余光中文学馆 / 166

永春东关古桥 / 166

参观延安南泥湾展览 / 167

延安宝塔山 / 167

延安八路军总司令部旧址王家坪 / 168

游延安清凉山 / 168

延安杨家岭 / 168

延安枣园 / 169

张思德 / 169

参观毛主席延安凤凰山窑洞感 / 170

在延安凤凰山听老师讲白求恩 / 170

陈嘉庚(二首)
　　——参观厦大校史馆／171
泉州迎宾馆桃源古庙前大肚弥勒佛／171
黄昏逛北京后海及烟袋斜街／172
从全国人大会议中心跑步去长安街晨练／172
再去北京后海看荷花／172
雨后漫步顺昌富屯溪畔／173
忆当年农村插秧
　　——在顺昌观机械化插秧有感／173
晚逛顺昌城市步道／173
千载神猴出顺昌／174
晨练福州冶山春秋园感(二首)／174
廖俊波
　　——在武夷新区参观弘扬廖俊波精神图片展／175
建阳麻沙镇水南村／175
武夷山五夫镇谒拜朱熹巨型雕像／175
武夷山五夫镇万亩荷花／176
晨练观北戴河东山旅游码头／176
天下第一关山海关／176
秦皇岛古城钟鼓楼／177
傍晚游北戴河老虎石海上公园／177
观北戴河秦行宫遗址／177
历史文化遗产保护
　　——全省加强文化和自然遗产保护利用工作会议有感／178
厦门松柏公园／178
最美老师
　　——参加福建省第二届最美老师寻访活动发布仪式并颁奖／179
贺机关篮球队参赛金辉杯首战告捷／179
中秋夜抒怀／180

让梦想翱翔
　　——在三明第十中学晨练读该校校歌 / 180

观省人大系统国庆 70 周年书画展 / 181

致敬英雄
　　——有感于表彰国家勋章和国家荣誉称号获得者 / 181

观福建省闽港澳台四地国庆联欢会 / 181

壮丽七十年 / 182

观榕城国庆焰火晚会 / 183

傍晚游厦门云顶岩 / 183

观鼓浪屿建筑 / 184

南靖云水谣 / 184

登南非开普敦桌山 / 184

观海豹 / 185

开普敦海滩企鹅 / 185

好望角国家自然保护区 / 186

好望角观海 / 186

南非首都比勒陀利亚市印象 / 187

南非先人纪念馆 / 187

肯尼亚纳瓦沙湖鸟的家园 / 187

内罗毕大象孤儿院所思 / 188

内罗毕长颈鹿公园亲近长颈鹿 / 188

参观肯尼亚国家博物馆内罗毕馆 / 189

埃及金字塔 / 189

埃及人面狮身像 / 189

参观埃及国家博物馆 / 190

夜游尼罗河 / 190

福州鳌峰坊 / 191

福州烟台山 / 191

登于山状元峰 / 192

谒于山戚公祠 / 192

参加第五届海峡两岸(顺昌)齐天大圣文化交流活动 / 192

古田会议九十周年 / 193

西湖一景
　　——晨练过西湖白马河连接处澄心亭 / 193

春节慰问老干部遗属 104 岁老太太徐月明 / 194

除夕前夜吃年饭 / 194

大年初一独居家中忆儿时过年 / 195

难忘的元宵节夜 / 196

春分翌日逛屏山公园 / 196

赞太阳花
　　——顺昌县洋口镇解建村观扶贫开发项目太阳花基地 / 197

考察尤溪九阜山自然保护区 / 197

赞沙县小吃 / 198

庚子年清明节 / 198

再次参观东山谷文昌纪念馆 / 198

清早晨练赞湖上保洁员 / 199

五四青年节感 / 199

访郏县友人果园 / 199

钧瓷
　　——参观禹州神垕镇钧瓷 / 200

汝瓷
　　——参观宝丰县清凉寺汝瓷遗址及博物馆 / 200

参观郏县三苏园 / 200

观登封周公测景台郭守敬观星台 / 201

嵩阳书院"将军柏" / 201

游登封中岳庙 / 201

登封中岳庙"镇库铁人" / 202

游郑州中牟电影小镇民国风电影街道 / 202

长汀古城墙 / 203

长汀卧龙书院 / 203

长汀国立厦门大学旧址 / 204

赞朱熹"四心"读书法
　　——读《学习时报》2020年7月15日雷宁文章 / 204

酷暑日屏山公园晨练寻凉 / 204

建瓯东岳庙 / 205

建瓯万木林 / 205

建瓯万木林中夫妻树 / 206

建瓯鼓楼 / 206

在武夷山生态公益诉讼调研下午东溪水库放鱼苗 / 206

武夷山天心永乐禅寺品茶 / 207

杜绝餐饮浪费 / 207

永泰县白云乡 / 208

永泰白云乡寨头村竹头寨的庄寨 / 208

傍晚观莆田秀屿土海湿地公园 / 208

北宋治水英雄赵四娘
　　——再观千年古堰木兰陂 / 209

莆田大宗伯第 / 209

贺中国人民抗日战争暨世界反法西斯胜利75周年 / 210

林则徐一生未留下一张照片
　　——陪全国人大监察司法委领导参观林则徐纪念馆新感二 / 210

遥祝古碑中学毕业四十五周年 / 211

贺国庆中秋双节同庆 / 211

莆田平海镇傍晚踏礁石观海 / 212

莆田南日岛九重山 / 212

莆田南日岛月牙弯沙滩 / 213

咏莆田南日岛皇帝山 / 213

游德化九仙山 / 213

夜逛德化瓷都广场 / 214

雨雾天游德化石牛山 / 214

游五虎山 / 214

赞"洋林精神"
　　——听机关学习"洋林精神"宣讲会 / 215

看电影《夺冠》赞中国女排精神 / 215

傍晚观福州牛岗山公园粉黛乱子草 / 216

鼓浪屿上见十几对新婚夫妇拍婚纱照 / 216

厦门筼筜书院 / 216

九九重阳节夜晚上鲤鱼洲宾馆廊桥（二首） / 217

乘绿皮火车赴松溪感 / 218

在松溪拜望89岁抗美援朝老兵巫传寿 / 218

松溪万前村百年蔗 / 219

飞重庆机上观大好河山 / 219

飞机上观云 / 219

重庆的雾 / 220

重庆南山一棵树观景台看夜景 / 220

重庆大足（宝顶山）石刻 / 220

夜逛重庆洪崖洞 / 221

重庆白公馆 / 221

重庆白公馆见英雄绣的红旗 / 222

重庆磁器口古镇 / 222

由重庆乘长江黄金6号游轮到宜昌记 / 223

重庆丰都鬼城 / 225

白帝城 / 225

游轮上观夔门（瞿塘峡） / 226

过巫峡 / 226

长江三峡大坝赞 / 226

政和美丽乡村石圳 / 227

游永泰天门山 / 227

在永泰摘芦柑 / 228

福州海峡文化艺术中心 / 228

陪全国人大代表试乘福平动车赴平潭考察 / 228

观平潭公铁两用大桥 / 229

观福清海上风力发电 / 229

为官十莫 / 229

闽侯闽越水镇 / 230

晨练屏山公园见玉兰树缠红布御寒 / 230

晨练回来见老爷爷为孙儿背书包送上学 / 231

永泰看梅花 / 231

游芜湖观长江 / 231

观芜湖江边老海关大楼感想 / 232

傍晚芜湖长江边观落日 / 232

三十多年后夜逛新修芜湖古城 / 233

参观安徽名人馆 / 233

游福州皇帝洞大峡谷 / 233

牛年说牛 / 234

致敬脱贫攻坚殉职1800多人 / 234

大仙峰下品大田美人茶 / 235

参观永安中央红军标语博物馆 / 235

观永安文庙 / 235

夜逛冶山公园旁能补天巷 / 236

厦门满街木棉三角梅 / 236

参观厦门特区四十周年图片展 / 236

参观福建省革命历史博物馆 / 237

清明节上金寨县莲花山观乌龟石 / 237

经金寨红岭网红公路上莲花山 / 238

清明节赴莲花山祭祖 / 238

万物皆向阳
　　——晨练左海有感木棉花朝南生枝开花 / 238

夜逛福州东街口花巷 / 239

参观福建农科院无土栽培大棚 / 239

记第 26 个世界读书日 / 239

逛三明麒麟山公园 / 240

参观三明人民英雄纪念碑 / 240

建阳建盏 / 241

建阳孝亭古街 / 241

午逛福州秘书巷 / 241

太姥山 / 242

太姥山十八罗汉岩 / 242

过太姥山一线天 / 242

温州楠溪江石桅岩漂流 / 243

楠溪江上石桅岩 / 243

温州永嘉县芙蓉古村（文物国保）/ 243

雁荡山千佛岩 / 244

观雁荡山大龙湫无水有感 / 244

雁荡山大龙湫观巨石剪刀峰 / 245

雁荡山灵岩景区观高空索道表演 / 245

游福鼎海上天湖 / 245

夜逛福州城隍街观福建都城隍庙 / 246

母亲节颂母亲 / 246

国际护士节敬护士 / 248

三坊七巷 / 248

参观三坊七巷名人家风家训馆感 / 249

三坊七巷之三坊 / 249

三坊七巷之七巷 / 250

参观周宁县革命历史展览馆赞百丈岩九壮士 / 251

周宁鲤鱼溪 / 252

周宁滴水岩 / 252

屏南小梨洋参观甘国宝故居 / 252

徽州古城 / 253

参观陶行知纪念馆 / 253

歙县渔梁坝 / 253

从歙县到黟县是画廊 / 254

黟县西递村 / 254

黟县宏村 / 255

林觉民
　　——陪上海市人大客人参观林觉民故居 / 255

严复
　　——陪上海市人大客人参观严复故居 / 256

连江古民居三落厝 / 256

夜观芜湖鸠兹广场"鸠顶泽瑞"雕塑 / 257

致敬七一勋章获得者 / 257

贺建党百年 / 257

长征出发集结地之一宁化
　　——参观宁化长征出发纪念馆 / 260

致敬孙丽美 / 260

晚观莆田泗华陂 / 260

教师节赞时代楷模张桂梅 / 261

"好好先生"画像 / 261

贺神舟十二号载人飞船返回舱成功着陆 / 262

写在第八个烈士纪念日 / 262

观电影《长津湖》感 / 263

金秋十月浦城丹桂 / 263

夜观浦城剪花嫂剪纸坊 / 263

浦城九龙桂 / 264

宋慈纪念园说宋慈 / 264

咏立冬 / 265

读郑板桥《吃亏是福》诗 / 265

福州杨桥路双抛桥 / 266

再观福州烟台山 / 266

晨练登大梦山所想 / 266

纪念毛主席诞辰一百二十八周年 / 267

今又元旦 / 267

清流中华桂花文化园 / 268

宁化天鹅洞 / 268

宁化石壁客家祖地 / 268

闽清坂东镇四乐轩古民居 / 269

腊八节 / 269

立春说春 / 270

参观龙窑建盏出窑 / 270

有感立春后福建多地降雪 / 271

永福樱花园 / 271

华安新圩镇官畲民族村 / 271

华安仙都镇二宜楼 / 272

华安仙都镇大地村 / 272

家住一楼也挺好 / 272

雨后屏山 / 273

闽清雄江镇梅雄村 / 273

观闽侯法治廉政文化公园中几则廉洁故事 / 274

屏山公园晨练见洋紫荆纷纷落花 / 275

南岛语族(平潭壳头丘遗址) / 275

福州工业路上羊蹄甲花 / 275

拜湄洲岛东蔡上林村天后(妈祖)祖祠 / 276

由莆田回福州高速路上遇强降雨 / 276

尤溪尚农农业生态观光园 / 276

观尤溪联合梯田 / 277

夜逛福州赛月亭巷 / 277

柘荣十万亩鸳鸯草场 / 277

小满感怀 / 278

永安抗战旧址群上吉山村印象 / 278

扣好人生第一粒扣子
——读中国纪检监察 2022 年第 8 期文章有感 / 279

拜清源山老君岩 / 279

泉州开元寺 / 279

泉州开元寺东西塔 / 280

参观弘一法师纪念馆 / 280

在泉州听南音 / 280

在泉州看提线木偶《训猴》/ 281

南靖书洋镇东歪西斜土楼 / 281

再访黄山黟县西递村 / 282

观黟县西递清代开封知府胡文照祖居悬挂"作退一步想"匾额有感 / 282

夜逛黄山屯溪老街 / 282

参观中国徽州文化博物馆（二首）/ 283

参观安徽创新馆 / 284

有感永春岵山镇茂霞村五百年"夫妻"荔枝树 / 284

参观兴隆香业公司赞永春篾香 / 284

赞"蜘蛛人"清洗高楼外墙 / 285

懒人养花 / 285

长乐琴江满族村 / 285

连日高温今日入伏 / 286

大暑 / 286

在蕉城区民族小学见六名畲族少儿讲解员 / 286

宁德中华畲族宫 / 287

访霞浦溪南镇半月里畲族村 / 287

访霞浦崇儒畲族乡霞坪畲族村 / 287

访霞浦三沙镇东山畲族村 / 288

福安穆云乡溪塔村中国最美葡萄沟 / 288

访福安康厝畲族乡金斗洋畲族村 / 289

夜逛青海西宁一角印象 / 289

赞从西宁至青海湖沿途好生态 / 290

再游青海湖(二郎剑) / 290

从青海湖到果洛藏族自治州 / 290

赴果洛藏族自治州首府玛沁路上观敖包 / 291

从青海玛沁到贵德的海东南山地 / 291

有感游青海在温泉和加拉乡镇如旱厕 / 292

参观青海海南藏族自治州贵德黄河清大桥有感 / 292

海北藏族自治州门源县草原蒙古包午餐 / 292

藏鸳鸯
　　——参观青海海北藏族自治州门源县花海鸳鸯 / 293

观青海卓尔山因白云遮不见 / 293

登青海卓尔山西夏烽火台有感 / 293

青海海北藏族自治州门源县照壁山 / 294

参观闽西苏维埃政府旧址展览馆 / 294

连城兰花博览园作为矫正教育示范基地有感兰花 / 295

晨练冠豸山下见石门湖 / 295

晨练晋江江畔看晋江 / 295

观安溪悦泉行馆"不听不看不说""三不猴"石雕物件 / 296

参观中国微雕艺术大师许通海微雕艺术馆 / 296

云霄向东渠 / 297

中秋喜逢教师节感 / 297

晨练永春北溪文苑桃香湖畔 / 297

赞松树

——见永春北溪山上许多松树因虫而死感慨 / 298

余光中不仅仅有乡愁
　　——再参观永春余光中文学馆 / 298

德化县陶瓷博物馆 / 298

参观德化国际陶瓷艺术城塑观音达摩弘一法师等艺术品 / 299

参观福州魏杰家训馆（故居）/ 299

屏山公园四见亭 / 299

再访尤溪桂峰古厝 / 300

尤溪梅仙镇半山历史名村 / 300

参观尤溪中国工农红军北上抗日先遣队纪念馆 / 300

观尤溪朱子文化园所感 / 301

满招损　谦受益
　　——观尤溪朱子文化园两铁桶装水示警句感 / 301

匾额
　　——观尤溪中华匾额第一馆感 / 301

邵武傩舞 / 302

邵武和平古镇"福建第一街" / 302

观和平古镇黄氏大夫弟有感黄峭教子 / 303

建阳书坊乡康宁古街千年前雕版印刷 / 303

参观建阳太阳山革命历史纪念园 / 303

午休建阳红旗林场 / 304

建阳麻沙镇水南村展室观游酢 / 304

浦城灵芝企业说灵芝 / 304

参观浦城水稻"福香占"千亩示范片 / 305

有感浦城一县八相 / 305

古田临水宫临水夫人陈靖姑 / 306

年末抒怀 / 306

赞红旗渠

（2013 年 4 月 14 日）

人工天河悬云空，
绵延三千卧长虹。
太行山上一丰碑，
人类文明千秋功。

驻马店嵖岈山

（2013 年 4 月 17 日）

天中有奇山，奇石皆成仙。
黄山世界奇，此奇亦壮观。
吴公避冤祸，修行著名篇。
当今话西游，嵖岈天下传。

登信阳鸡公山

（2013 年 4 月 21 日）

鸡公傲视鄂豫皖，
青山掩映万国馆。
避暑名胜闻天下，
别有天地仙人间。

沙县卧佛

（2013年4月30日）

大佛静卧淘金山，
绿佛依偎白云间。
神佛护佑闽中地，
人佛同缘天下安。

春雨时游沙县七仙洞

（2013年4月30日）

春雨绵绵见七仙，
洞中银河落九天。
神家自有乐哉处，
人间幸福再修炼。

福州北峰油桐花

（2013年5月18日）

初夏北峰美如画，
漫山遍野油桐花。
朵朵洁白拥成簇，
处处芬芳意气发。
轻风徐徐雪花飘，
宛若美女舞嫁纱。

落置山坡似锦绣，
　　五彩缤纷好年华。

福州榕树
（2013 年 6 月 8 日）

　　四季常青叶茂盛，
　　千姿百态从容生，
　　根根银须帷幔下，
　　独木成林绿满城。

河南嵩山白云山
（2013 年 6 月 11 日）

　　林深谷幽山峦长，
　　瀑布飞天湖荡漾。
　　生灵万物共和谐，
　　草木吐氧温馨香。
　　极目远眺满眼绿，
　　云展云舒是天堂。

开封铁塔
（2013 年 6 月 14 日）

　　凌空摩云向天歌，
　　矗立汴州护佑国。

历经磨难巍然耸，
千年倾斜不跌落。
精巧技艺世界先，
通体浮雕皆佳作。
铁塔非铁胜铁塔，
中华文明又一绝。

中原三月三拜轩辕

（2013年6月16日）

三月三，拜轩辕；
炎黄孙，聚中原。
祭人祖，薪火传；
缅功德，感圣贤。
祈鸿福，秉宏愿；
黄帝颂，全球传。
思古今，常忧患；
重崛起，意志坚。
议合作，图发展；
奔小康，齐心干。
华夏族，同根源；
共和谐，天下安。
亿兆众，心相连；
紧团结，存友善。
兴中华，共承担；
中国梦，一定圆。

登焦作云台山主峰茱萸峰

（2013 年 6 月 17 日）

山高入云端，车在空中旋。
穿梭叠彩洞，峭壁挂眼前。
千阶云梯直，白雾脚下漫。
登上茱萸峰，黄河如银线。

新疆天山天池

（2013 年 7 月 21 日）

天山天池挨天边，
盛夏七月见雪山。
王母设宴蟠桃会，
一湖美酒敬群仙。

新疆世界魔鬼城

（2013 年 7 月 23 日）

鬼斧神工筑鬼城，
千百万年始建成。
楼台殿阁皆壮观，
人禽兽畜立有神。
黑沙漫卷蔽天时，
闻说鬼哭狼嚎声。
毛骨悚然不敢游，
最美雅丹一奇景。

参观平潭综合实验区有感（二首）

(2014年3月25日)

其一

沙土漫天飞扬，
工地火热真忙。
海岛实验新区，
综合改革起航。

其二

麒麟腾飞仰天啸，
岚岛风卷改革潮。
融合发展共繁荣，
两岸合作又一桥。

清明节扫父母墓

(2014年4月5日)

诗说清明雨纷纷，
老天怜悲愈伤情。
连日朗空晴万里，
断肠哀痛更一层。
千里之外省亲少，
天恩大德未了情。
莫等年年踏青时，
儿孙应早尽孝心！

参观寿县历史文化古城感想出生地

(2014年4月6日)

淮河除患水利兴，
一县两大洋工程。
十万良田变银湖，
十万父老移寿春。
随迁降生炎刘镇，
襁褓不识名古城。
梦绕魂牵五十年，
今日了却相思情。

注：（1）两大洋工程：五十年代国家在金寨县修建梅山、响洪甸两大水库，淹没十万良田，移民十万人口。（2）寿县，又称寿春。

参观安徽渡江战役纪念馆

(2014年4月7日)

小米小炮小船，
滚滚长江天堑。
雄狮千里横渡，
钟山风雨尽散。

送驻村第一村支书上任

——送省委办公厅第四批扶贫驻村第一村支书赴长汀上任

(2014年4月9日)

清明雨后天更晴,
扶贫驻村再出征。
楼前合影话寄语,
一路憧憬到长汀。
傍晚九路豪杰会,
激情满怀添信心。
夜逛店头古名街,
翌日分赴到各村。
挥手告别无多言,
三年之后验收成。

春日屏山院晨练图景

(2014年4月11日)

东方泛晨曦,林中鸟唧唧。
玉兰含露笑,路坡绽月季。
耆老闲散步,乐淘听美曲。
依姆舞广场,鹤发玩太极。
池边美体操,楼前排球迷。
偶遇几少年,嘻嘻争第一。
常闻军营歌,耳鸣一二一。
吾辈疾步走,犹恐后追急。

游长乐市郊湖山门

（2014年5月2日）

湖山门上一清潭，
潇潇瀑布挂前川。
溪涧青山滋春色，
涓涓细流润心田。

傍晚游杭州西湖印象

（2014年5月8日）

烟雾渺渺，叶舟轻摇。
波光粼粼，夕阳斜照。
野鸭戏水，睡莲绽苞。
清风微拂，垂柳丝飘。
闲步徜徉，心醉随潮。
古往今来，墨客诗褒。
江河湖泊，独领风骚。
今日西湖，分外妖娆。

观杭州市旁钱塘江

（2014年5月9日）

潮起潮落人潮涌，
今日观潮无潮弄。
雾霾锁江眼朦胧，
忽见江边钓鱼翁。

沿高速至武夷山景观感

（2014年5月25日）

青山座座身边过，
江溪隐嵌似星河。
山水相映美如画，
幅幅绝佳眼前掠。
隧道桥梁何其多，
车行高速如穿梭。
锦绣大地天恩赐，
生态优美须护呵。

观龙海荔枝海公园

（2014年6月5日）

凤凰山上海，荔枝大观园。
林壑深秀美，风动荔波翻。
绿道似轻舟，飘忽在幽间。
人在舟上游，悠哉赛神仙。

初识太原印象

(2014 年 7 月 11 日)

盛夏如秋气候爽,

汾河贯城静静淌。

南北为路东西街,

迎泽大街长安长。

汾酒绵柔金樽溢,

名醋清许满桌香。

苦荞茶饮润心肺,

拉面绝技四海扬。

上五台山

(2014 年 7 月 13 日)

静心上五台,意本不在求。

形胜名遐迩,仰慕业已久。

佛家四圣地,当数文殊首。

看平遥古城有感（二首）

(2014 年 7 月 14 日)

其一

两千年前古陶,

一千年前文庙。

五百年前县衙,

道光钱庄票号。
今日古城平遥,
尽展明清风貌。

其二

展西周古陶之型,
传中华文化之魂。
看平遥县域古城,
愁今日城镇诟病。

逛乔家大院

(2014年7月14日)

昔日乔家竟繁华,
佛爷西逃亦下榻。
百年富贵瞬间过,
大红灯笼高高挂。

谒晋祠

(2014年7月14日)

成王戏弟不打诳,
叔虞受封镇守唐。
劝农桑麻兴水利,
百姓建祠万人仰。

注:(1)晋祠,初名唐叔虞祠。这还源于"剪桐封弟"的故事。民间

传说，有一天周成王姬诵与同母弟弟叔虞在外玩耍，成王捡起一片梧桐叶，剪成"圭"型，对叔虞说本王封你为唐王。几年后，叔虞长大成人，成王忘了当时的戏言任命他人为唐王，史官闻后立即上奏，说前几年您已封叔虞为唐王，君无戏言，于是叔虞为唐王。（2）叔虞死后，子燮继位，因境内有晋水，故将国号改"唐"为"晋"。

参观冰心文学馆有感

（2014年7月19日）

风骨爱心情义真，
巾帼文豪谢婉莹。
五四惊雷登文坛，
文化骁将始出名。
寄小读者奠基作，
智慧点亮小桔灯。
生命八十刚开始，
一生不辍持笔耕。
洒向人间都是爱，
文坛祖母不老情。

台北印象

（2014年7月31日）

山在城中城在山，
道是葱茏绿荫天。
满街机车序井然，
市树为榕花杜鹃。

远瞻容貌古老旧,
近观角落洁净鲜。
言语食服皆亲切,
宛若游逛在闽南。

台北故宫博物院

(2014年7月31日)

馆不在大小,重镇馆之宝。
毛公鼎铭文,腹部纪周朝。
昆虫栩栩生,翠玉白菜娇。
令人垂涎滴,肉形石玉雕。
两岸博物院,南北竞妖娆。

注:(1)台北故宫博物院面积仅 1.03 万平方米。(2)台北故宫博物院三宝民众普遍认为是"毛公鼎""翠玉白菜"和"肉形石"。(3)毛公鼎铭文四百九十七字,是现存最长的铭文,是西周散文的代表作。

盛夏正午游日月潭

(2014年8月3日)

水色潋滟波光闪,
湖面蒸腾热浪翻。
急切盼登玄光寺,
由日跨月一眨眼。
游艇穿梭赛客船,
南北两岸渡头喧。

梦幻静雅荡轻舟，
心中意境似不见。

阿里山森林公园
（2014年8月4日）

柳杉参入云，朽根长新茎。
三代同堂生，四姐妹情深。
神木两千年，桧香弥满林。

听孟伟院士环境保护讲座有感
（2014年8月12日）

水清天蓝明月圆，
古今骚客颂诗篇。
绿色低碳可循环，
科学发展莫等闲。
人类自然应和谐，
发展保护不可偏。
吾辈不吃子孙饭，
呵护环境大于天。

记梦·夜回故乡查坪村

(2014年8月15日)

昨夜神游回故村,
少小迷藏野山径。
小犬不吠绕膝欢,
老牛哞声路边吟。
家翁持灯引路明,
阿大岭上望儿影。
双亲神采匆匆见,
梦醒时分泪湿枕。

月是故乡圆

——有感于几家乡亲过中秋

(2014年9月6日)

同来大别山,共饮史河水。
从戎越武夷,求学入海西。
殊途至榕城,扎根居家立。
逢节一起乐,合欢如家聚。
又值月圆夜,举杯思故里。
远在千里外,乡情胜亲戚。

第三十个教师节有感
（2014 年 9 月 10 日）

初为人师时，幸逢首届节。
三尺讲台前，自豪人中杰。
误入尘网中，遇节倍亲切。
人生经此历，终生最有得。

贺儿子儿媳婚礼
（2014 年 10 月 2 日）

昨日国庆今重阳，
卢赵秦晋入婚堂。
亲朋好友聚龙峰，
举杯欢贺喜洋洋。
洞房花烛题名榜，
快意人生新起航。
愿儿携妻同努力，
兴家立业当自强！

注：2014 年儿子考上浸会大学博士，故金榜题名。

赞福州镇海楼

（2014年10月5日）

雄居屏山顶，虎视海上云。
鼓山旗山护，乌龙白龙腾。
乙酉又重生，英姿胜前身。
威震龙王宫，庇佑八闽人。

登滕王阁

（2014年10月20日）

千年磨难风和雨，二十九轮死转生。
元婴滕王留胜迹，王勃阁序万古名。

观岳麓书院

（2014年10月21日）

千年学府不虚诞，
华夏先师大讲坛。
真宗亲书题匾额，
朱张会讲名播远。
学达性天天子恩，
道南正脉庙堂赞。
润之寄读半学斋，
实事求是入延安。
惟楚有才斯为盛，
湖大传承立前沿。

登橘子洲瞻青年毛泽东雕塑

(2014年10月21日)

伟人伫立橘子洲，
凝望湘江忆旧游。
风华正茂书生气，
挥斥方遒愤青偶。
峥嵘岁月匆匆过，
粪土当年万户侯。
万山红遍神州秀，
谁主沉浮早已休！

拜谒毛主席故居

(2014年10月22日)

夜宿长沙枕难眠，
清晨早起理装扮。
少儿夙愿谒故居，
迎着朝阳向韶山。

主席广场旌旗展，
伟人巨塑金灿烂。
缓步向前三鞠躬，
默默深情敬花篮。

故居坐落青山边，

遥望北斗背依南。
池塘月圆水碧秀,
磨砺意志泳少年。

滴水洞里翠满天,
虎踞龙蟠映清潭。
山水明珠名胜地,
为国操劳忘休闲。

生活清廉堪风范,
日常简朴平民般。
睡衣补丁七十三,
崇敬礼拜泪花闪。

参观合肥李府有感
（2014年10月23日）

昔年李府半条街,
今日故园逊十一。
功过是非难评说,
毁誉参半已无疑。

合肥包公祠诏"廉"
（2014年10月23日）

祠前古井谓廉泉,
贪官饮痛趣闻传。

外廊门拱书顽廉,
清正廉明举头见。
子孙犯赃不入坟,
家训告诫示威严。
做官为民拒贪腐,
为政者师包青天。

巢湖晚霞
（2014 年 10 月 23 日）

西天高挂大灯笼,
夕照巢水一片红。
七彩汪洋渔舟唱,
游人面若桃花容。

冬日晨练对话屏山大院清洁工
（2014 年 11 月 24 日）

隐见草帽动，耳闻沙沙响。
疾步走向前，洁工立路旁。
问君何其早，答言规此样。
春夏三时起，秋冬四点忙。
无论寒和暑，天明一扫光。
若遇台风过，雨歇立马上。
突击抢任务，汗浸满衣裳。
酷热无所惧，消暑有水凉。
路净道整洁，劳者功无量。
回身望眼去，敬重自心房。

老家的玉芦馍

(2015 年 1 月 31 日)

幺妹来看病，捎来玉芦馍。
知我好一口，妹夫试手做。
老家土食品，礼轻乡愁多。
儿时忒钟爱，一餐三四个。
母亲手艺高，乡邻点赞歌。
肉丁青菜馅，溜圆皮又薄。
松软香酥脆，金黄两面壳。
入冬雪纷飞，闲来贴几锅。
树兜根子火，火垅烤大馍。
满屋弥香气，神仙不如我。

屏山院里早春图

(2015 年 2 月 7 日)

乙未又岁晚，屏山春来早。
大禽路边舞，小鸟枝头叫。
虫儿草下吟，松鼠树上跳。
红鱼水面游，花猫栅栏闹。
野草吐新芽，芳树绽花苞。
晨曦洒绿叶，满园透嫩娇。

注：岁晚，即立春出现在农历上一年年末，民间亦称作"内春"。

大年三十屏山院晨练怀故乡

（2015年2月18日）

今朝院里倏幽静，
岁除晨练无几人。
小鸟不解人间节，
犹是喳喳叫不停。
楼前灯笼高高挂，
满园花开喜迎春。
传统佳节团圆日，
游子更恋故乡情。

大年初二晨练赞清洁工

（2015年2月20日）

昨夜卷风和细雨，
今朝黄叶落满地。
节假众人正酣眠，
大年洁工无停息。
不改平日五更起，
扫帚依是唰唰急。
岗位尽责无怨悔，
新年祝福笑可掬。

喜见小鸟访窗台

（2015年2月24日）

闲情伫望窗台前，
小鸟飞上君子兰。
悠然自得啄花瓣，
拍照惊飞归蓝天。

屏山院晨练赏花鸟

（2015年3月3日）

一树红花无叶绿，
两只黄鹂枝上栖。
玉兰竞放多妖艳，
乌鸫盘飞空中觑。
绯红茶花披绿衣，
悠哉八哥根下戏。
叶子花娇红似火，
山雀喳喳春蓊郁。
鸟语花香似画图，
三羊开泰出旺季。

雨后落花感

（2015年3月11日）

岁晚春暖乍倒寒，
一夜雨冷阵风卷。

昨日百花竞妖妍，
今朝破艳落满园。
天候突变尚可测，
人生无常当自检。

福州拗九节
（2015 年 3 月 19 日）

正月二十九，榕城拗九节。
目连救母难，熬粥感恩泽。
母恩大于天，莫道正与邪。
儿女行孝道，亘古永不灭。

遥 祭
（2015 年 4 月 4 日）

光阴倏忽又清明，
今年惆怅未祭坟。
不是心中无记念，
只缘幺妹来看病。
遥祭父母在天灵，
近爱兄妹阖家亲。
浓浓血脉融一起，
顾好幺妹慰娘心。

春过清明

（2015年4月5日）

忽地一夜百花尽，
风吹黄叶落满庭。
寒食不寒热似夏，
春过清明无踪影。
韶光真个驹过隙，
人生苦短应惜春。

月桂真闺秀

（2015年4月13日）

半隐翠阁宇，一袭鹅黄衣。
无妖也无艳，迎风香九里。
趋步睹芳容，亲近心醉意。
高洁是仙友，一年几度遇。

过平潭南海滨大道

（2015年5月6日）

（一）

荒岛荒路荒滩，
裸岩石屋破船。
瘦秆瘪瓜地旱，
海风呼啸耳边。

（二）

天蓝海蓝水蓝，
树绿草青花鲜。
大道宽敞蜿蜒，
临海靓丽花园。

黄昏陋室闲读

（2015年6月7日）

东窗日斜暗客厅，
西墙返影复照明。
闲来读书心敞亮，
黄昏也似早清晨。

参观长汀水土流失治理有感

（2015年6月30日）

万千丘陵火焰山，
柳村无柳成河田。
山光水浊无绿色，
土瘦人穷度日难。
老区人民持攻坚，
滴水穿石数十年。
红壤渐变花果山，
绿洲一片生态园。

观东山木麻黄防护林赞谷文昌精神

（2015年7月2日）

挡风搪沙几十年，
护岛佑民绿海边。
谷公精神万古长，
永留青翠在人间。

谷文昌纪念园

（2015年7月2日）

党生翌日拜谷公，
勤政清廉铭心中。
不求身后留美名，
但愿无愧告祖宗。

东山风动石

（2015年7月2日）

巨石倾欹海边悬，
千百年来巍屹然。
风吹微动直欲坠，
令人心怵不敢前。
强震地摇安无恙，
日舰钢索拉不翻。
奇石险势宇宙迷，
动静相宜自然观。

参观中国闽台缘博物馆

（2015 年 7 月 9 日）

清源山下西湖畔，
闽台五缘溯渊源。
万年远古陆桥连，
千载共舟水衣伴。
闽人迁徙始宋元，
台民闽籍万八千。
成功收复设府县，
清世统一隶闽管。
倭寇强霸五十年，
台胞抗争激鏖战。
两岸对峙闭海关，
一统中国存信念。
同根同宗同血缘，
共习共俗共语言。
两岸一家情缱绻，
一国两制共团圆。

遥望黄鹤楼

（2015 年 7 月 22 日）

蛇山峰上飞黄鹤，
巍峨高楼瞰大江。
江南古建多名胜，
天下第一在武昌。

武汉印象"十高"

（2015年7月22日）

高铁穿城域，高桥江上密。
高楼丛林立，高架纵横趋。
高校密布集，高新光谷奇。
高坝长江堤，高名百湖誉。
高人梅岭居，高温情难移！

何翁精神不朽

——路过濯田镇梅迳村老一辈革命家何叔衡牺牲地所想

（2015年7月29日）

三湘秀才激情翁，
一生寻理救大众。
南湖归来讲马列，
马日后去央苏中。
叔翁办事当大局，
耿直无私不老松。
危难时刻不惜命，
纵身跳崖洒彩虹。

注：1935年2月24日，何叔衡在长汀战斗中掩护战友突围跳崖，壮烈牺牲。

江布拉克盛夏美

(2015年8月6日)

天山雪影山叠翠,
雪岭云杉簇簇葳。
黄金麦浪随风曳,
绿茵满坡羊儿肥。
天高云淡鸟雀飞,
维族少年马上追。
江布拉克盛夏美,
天作画成陶人醉。

夜宿阿勒泰山下小旅馆

(2015年8月6日)

晚已亥时近黄昏,
车行尽头蒙俄境。
千里戈壁无灯火,
夜宿阿勒泰山根。
万籁俱寂清风匀,
悠悠碧空满天星。
平屋毡房温馨家,
阿妹侍餐喜盈盈。
舍间宽绰好洁净,
虽无空调也凉清。
夜半刚过停发电,
一宿美梦到天明。

赞胡杨木
（2015年8月7日）

敢同天抗争，誓与地夺命。
严寒傲霜雪，酷暑如沐春。
无畏干渴久，耐忍盐碱浸。
一千年不老，风华正茂青。
死而岿然立，俏姿多英挺。
倒地不朽腐，万古神木精。

参观石河子市
（2015年8月7日）

大漠滩上起绿城，
兵团大军建功勋。
亦农亦军城乡合，
戈壁明珠不虚名。
师市合一体制新，
屯垦戍边是双赢。
民族团结共发展，
军民融合固长城。

新疆吐鲁番火焰山
（2015年8月8日）

火焰山下骄阳艳，
岩层绛红映半天。
暑气蒸腾翻热浪，
沙窝焦炙生紫烟。
赫炎辐照难睁眼，
焰云缭绕火燎面。
脚底滚烫毛发烧，
置身火炉汗烤干。

参观省警示教育基地
（2015年9月1日）

荣华富贵有极限，
人生在世不可贪。
公器慎用当为众，
私欲放浪起祸端。
足失方知恨当初，
身陷囹圄悔无丹。
警钟鸣耳常深省，
洁身自好葆清廉。

长相思·旗山鸣鼓山鸣

——有感 9 月 9 日国务院批复设立福州新区

（2015 年 9 月 9 日）

旗山鸣，鼓山鸣，
榕街巷尾齐欢腾，
古都育新城。
白龙吟，乌龙吟，
大江潮涌歌如春，
东南起明星。

国庆长假宅家不出门

（2015 年 10 月 7 日）

假日出游寻烦恼，
旅途拥堵景区噪。
悠闲宅家享清静，
自得其乐休暇好。
杜娟飞去彩虹飘，
秋爽风来精神翘。
晨练西湖又左海，
晚做网虫读书报。

注：杜娟，国庆节前的台风名；彩虹，国庆期间的台风名。

贺重阳

(2015年10月21日农历重阳节)

年年岁岁贺重阳，
少壮不觉岁月荒。
忽奔花甲鬓毛白，
来日也喜菊花香。

下雨晨读诗篇有感

(2015年11月11日)

麻亮早起欲健身，
晴空忽阴雨纷纷。
折回卧室寻诗书，
偶读文君白头吟。
欣羡恩爱名千古，
更叹满头已霜鬓。
闲翻诗句非儒雅，
备防垂老患痴症。

青春时迷惘

(2015年11月12日)

城乡天地别，身份农商分。
农人下里巴，市民人上人。
一俟出农村，终生绕田埂。

忆昔青少时，常叹命酸辛。
毕业回农家，荷锄去耕耘。
犁耙播割收，劳作记工分。
黎明加黄昏，赚得几分银。
初出有蛮力，技拙无巧劲。
赤脚甩臂膀，泥土洒满身。
腰酸又背疼，夜晚多迷困。
无书可消遣，油灯灰暗昏。
夜长天不明，无寐怅人生。
从戎未有格，招工亦无门。
并非怕吃苦，家贫文更贫。
出生不由己，命运天注定。
蹉跎岁月日，前程何处寻？

父母即是家

（2015年11月26日感恩节）

幼小绕膝欢，顽皮揍佯样。
儿时下学归，入门上饭堂。
中高学在镇，周末回转忙。
登科赴远程，八分寄念想。
客居千里外，节假奔探望。
高堂灯长明，照耀子归航。
父母即是家，二老在家亮。
双亲仙游去，家乡成故乡。

再访龙海联系困难户

（2015年12月9日）

冒雨驱车赴琪塘，

访困问需话家常。

今年日子又何如？

芝麻开花节节上。

东窗书桌纸墨香，

西壁奖状贴满墙。

贫家子弟愤读书，

刨断穷根唯希望！

赞老同志高尚情操

——主持召开省委办公厅离退休老同志征求意见会有感

（2015年12月14日）

耄耋满头霜，矍铄精神爽。

思虑多敏锐，声如洪钟响。

人老心不老，职退责不让。

知悉天下事，时势挂心上。

点点出新意，个个深思量。

句句显关怀，殷殷寄希望。

同唱幸福曲，共怀大梦想。

垂老不失志，终身向太阳。

一代名相李光地
——参观清朝文渊阁大学士李光地安溪县湖头故居

（2015年12月16日）

一代名相出湖头，
两朝天子夸赞口。
三藩平定秉忠心，
几度宦海高昂首。
治理河务万展眉，
力主统一共携手。
彰扬理学著等身，
清廉勤政抒歌喉。

读皮日休《咏蟹》随感

（2015年12月21日）

天性横行早知名，
深居龙宫欺弱生。
张牙舞爪出水面，
生擒总被草绳捆。

元旦观三角梅

（2016年1月1日）

落地有红又一茬，
静静无声再生发。

花开花落春常在,
盛世景年冬如夏。

贴春联叹时光
（2016年2月7日）

去年旧符纸甚红,
今岁新联墨又浓。
星辰一眨度春夏,
时光忽闪过秋冬。

过　年
（2016年2月8日）

少年盼年年迟来,
清晨早起傍灶台。
青年过年年在外,
跋山涉水回乡寨。
中年遇年年更忙,
值守深情望乡拜。
老年度年年来快,
感知世故叹情怀。

晨练西湖栈道见天空倒影

（2016年2月28日）

东方露晨曦，西湖落红云。
举头霞满天，低首幻太清。
人在栈上走，神如空中行。
清晨游太空，天宫作近邻。

怜惜凋残白玉兰

（2016年3月8日）

春暖仙女脱绒衣，
无奈飘零满地玉。
拾得一瓣静静闻，
余香犹在沁心脾。

再读《与妻书》
——陪安徽省委改革办同志参观林觉民故居后

（2016年3月8日）

方尺白织绢，千字诀别书。
挥毫与妻绝，笔墨和泪珠。
不惜舍命死，含悲向妻抒。
誓言恩爱老，局势非愿如。
今去无遗憾，国事有人顾。
先死心不忍，身后留汝苦。

忆昔初婚时，窗外腊梅疏。
并肩携手语，情事无不诉。
善抚依新儿，务使之肖吾。
腹中物若男，教其志以父。
家贫无所苦，清清静静度。
有生不能见，九泉听汝哭。
为国死不辞，为民谋永福。
巾短情且长，万言难倾吐。
革命志士情，大爱涌天幕。
侠骨柔肠人，顶天立地夫。

如梦令·想起大别山上野兰花

（2016年3月10日）

雪融上山拾柴，
兰花含苞未开。
轻起回盆栽，
小院忽地春来。
开怀，开怀，
童年无忧梦彩。

连阴初晴小鸟叫人

（2016年3月14日）

连阴睡意沉，春困不乐醒。
凌晴鸟窥窗，叽喳叫懒人。

观霞浦杨家溪榕枫公园

（2016年3月24日）

榕植北地止牙城，
枫生南国渡头村。
千年古榕根如龙，
万株红枫蔽青云。
一南一北极限地，
一榕一枫皆成林。
榕枫共融聚一园。
自然王国多秘情。

注：(1) 牙城、渡头，即霞浦县牙城镇渡头村。(2) 极限地，即专家考证此地既是北半球纬度最南的枫树林又是世界上纬度最北的榕树林。

赞中国第一扶贫村

——与中办在闽挂职干部一起参观福鼎市赤溪村

（2016年3月24日）

昔日赤溪赤贫，
茅舍穷山峻岭。
开门几丈无路，
闭户只闻鸡声。
而今绿水绿林，
集居成街成镇。
旧貌春风拂去，
好个美丽乡村。

寿宁木拱廊桥

（2016年3月25日）

远望河上屋，近观山涧桥。
石墩两岸垒，条木一水挑。
穿插挤压别，通体无钉铆。
遮风又挡雨，便行可逍遥。

观龙岩主席园

（2016年3月29日）

曾经慕向赴韶山，
今又瞻仰主席园。
拾级而上心潮涌，
一拜再拜思万千。
圣人横空八十三，
谒见老祖四十年。
生前身后皆如神，
为公为民昭世间。

登上杭毛泽东旧居临江楼感

（2016年3月30日）

负屈隐上杭，体病养临江。
失意不失志，豪情吟重阳。

对弈汀江岸,胜势胸中装。
白雾终散去,战地黄花香。

注:(1)吟重阳,1929年重阳节毛泽东在此写下著名的《采桑子·重阳》词。(2)对弈汀江岸,毛泽东、朱德此间在岸边下棋。

首次乘合福高铁回家乡

(2016年4月1日)

穿林观闽江,钻山过武夷。
转眼攀上饶,忽地下屯溪。
引颈望黄山,侧目瞅歙绩。
一跨长江水,立见巢湖鱼。
瞬间长临河,脚落庐州地。
九百回乡路,三时即可抵。
忆昔乘绿皮,拥塞无坐席。
迟慢如牛车,准点不可期。
寒冬透冽风,酷夏闷浊气。
而今通途畅,高铁赛飞机。
快捷又舒适,旅途好惬意。

记古碑中学第四届高中同学毕业四十年聚

(2016年4月2日)

一别四十年,满头雪花鬓。
相见多不识,紧握疑姓名。

端详搜记忆,细听辨声音。

猛醒哈哈笑,相拥热泪盈。

青春容颜逝,感叹岁月深。

天涯各一方,难忘古碑情。

参观儿时小学住家旧址(二首)

(2016年4月3日)

其一

破庙学堂儿时家,

少年无忧好年华。

四十年间沧桑变,

屋废人非噙泪花。

院中银杏只见根,

操场荒芜草满涯。

参拜新庙默默语,

唯有老柏知我话。

其二

老庙脱胎换新颜,

游子归谒心漪澜。

值遇庙守相引看,

不知客曾度少年。

走访老家查坪小山庄

(2016年4月3日)

老井已填上筑桥,
新楼排建下山坳。
儿时泳塘变作田,
小溪干涸成沙道。
宽阔大路穿田过,
合围枫杨化柴烧。
茅舍豚栏消逝尽,
乡愁模糊意缥缈。

学先烈警示腐

(2016年4月6日)

才观品重柱石波,
回听警示老虎郭。
为民赴难誉千秋,
贪婪腐败祸家国。

注:(1)波,即王荷波,中共中央第一任监察委员会主席。(2)品重柱石,周恩来对王荷波评价语。

榕城落叶四月春

（2016年4月9日）

一夜密雨过，遍地撒黄金。
秋风吹不落，春来始吐新。

灾害难预断

——写在泰宁泥石流灾难翌日

（2016年5月9日）

自从春节过，阴雨缠绵绵。
一下三五日，老天不开眼。
偶尔露晴空，水雾弥漫天。
家里霉味浓，室外土腥膻。
城中内涝急，野上河渠满。
山坡泥石流，洼地淹良田。
雨少欠丰收，水多起祸端。
天象虽可测，灾害难预断。

中央党校

——参加党内法规制度建设研讨班

（2016年5月11日）

斧子镰刀大熔炉，
精英修行最高府。
马恩毛邓灵魂师，
锤炼万千擎天柱。

傍晚逛颐和园

（2016 年 5 月 16 日）

西湖佛寺万寿山，
东宫门庭谐趣园。
长廊戏楼苏州街，
孔桥石船排云殿。
铁牛织女遥相望，
乐寿堂外听郦馆。
山水桥亭院堂阁，
皇家御苑移江南。

参观北大清华

（2016 年 5 月 17 日）

仰慕敬畏未相识，
得见乐极默沉思。
遗憾无缘做学子，
只恨荒废少年时。

遗憾未能游无锡

（2016 年 5 月 28 日）

毕业四十载，邀约游无锡。
兴高有赴意，位卑不由己。
身虽未前往，心已早期许。

观览微信群，神思太湖美。
举杯向明月，南北共欢愉。
待到退休日，老来常相聚。

忆昔少时过六一
（2016年6月1日）

忆昔少时过六一，
不曾游乐也欢喜。
春去夏来麦儿黄，
抢收抢种补劳力。
长辈挥镰收割忙，
晚生挎篮拾麦穗。
骄阳似火地上腾，
满脸汗水脚下滴。
麦场连枷啪啪响，
手持笤帚扫麦粒。
夕阳西下麦成堆，
丰收悦人不知疲。

郑和雕像前反思
——陪北京客人参观长乐海丝馆
（2016年6月2日）

七下西洋四海惊，
耀兵异域缘国盛。
若是开海长扬帆，
甲午之舰何以沉？

长乐金刚腿

（2016年6月2日）

一腿伸江海，咸淡分东西。
大水不没踝，自然观奇迹。

昙石山文化遗址

（2016年6月3日）

贝丘陶灯泥瓦罐，
史前祖先古名片。
海洋开化新石器，
闽越文明五千年。

想起家乡簝叶粽

（2016年6月7日）

簝叶草绿青，糯米色泽润。
叶子窝成斗，捆作菱角型。
柴灶铁锅煮，满屋粽香醇。
剥开竹衣包，胜似鲜藕笋。
纯白无瑕疵，软玉透晶莹。
眼馋涎欲滴，品尝更舒心。
粘上白砂糖，入口甜而津。
儿时好味道，终生难忘情。

晨练见左海旧书市场
（2016年6月11日）

南廊北角人挨人，
东翻西拣似淘金。
一旦相中难释手，
讨价还价不较真。

做人简理
——由一朋友被他人误解而联想
（2016年6月16日）

人生如戏巧饰演，
台上精彩台下欢。
开幕有捧休得意，
退场无声张笑脸。
主角配角勿计较，
戏多戏少只随缘。
台前有情假作真，
台后无义莫相沾。

知足自安
——读布袋和尚《插秧歌》
（2016年6月18日）

退步原来是向前，
俗人往往看不穿。

进退缘天莫烦恼，
心地清静且自安。

有感一些城市绿化

（2016年6月20日）

满眼草色无绿荫，
盛夏酷暑热死人。
绿化岂是作图画？
树冠成荫才成景。

奇观一瞥

（2016年6月22日）

一部手机百科书，
男女老幼不厌读。
坐看行阅难释手，
随时随处低头族。

黄昏时逛筼筜湖

（2016年6月27日）

晚霞斜照满湖辉，
白云悠悠白鹭飞。
鱼儿跳波花浪起，
小艇收渡游人归。

夜逛厦大兴叹
（2016年6月28日）

当年遗憾未留下，
而今兴叹仍抑压。
若得任教在南强，
或许也是学问家。
阴差阳错误歧途，
抄抄写写捱生涯。
二十五年忙碌过，
不堪回首悲白发。

厦　门
（2016年6月29日）

城在海上海寓城，
岛屿湾山处处景。
海滨湖岸花锦簇，
街区里弄绿成荫。
鹭岛缘鹭获佳名，
鼓浪拍岸更有声。
夏无酷暑冬无寒，
春花秋月最宜人。

逛晋江五店市传统街

(2016年6月29日)

满街红砖瓦，一地青石条。
独具皇宫起，民居也宇庙。
明清留遗迹，闽南古风貌。
南洋厝格韵，中西合璧娇。

晨练泉州桃花山下湖边

(2016年6月30日)

桃花山下桃花潭，
野鸭戏水鱼儿欢。
若是做个桃花仙，
赏花垂钓不思凡。

泉州桃花山上听蝉声

(2016年7月1日)

桃花山上听蝉声，
知了知了响满林。
桃花仙子今何在？
鸣蝉安能知我心。

力　量
——贺建党九十五周年
（2016年7月1日）

旗帜导航向，信仰贯苍茫。
理想高于天，自信筑坚强。
发展居首务，改革势破浪。
人民植沃土，和平结友邦。
扬清除腐恶，九十五正旺。

平潭石厝人家
（2016年7月2日）

防台防汛防盗抢，
向路向海向太阳。
石墙石窗石压瓦，
彩色碉堡石厝房。

夜逛杭州京杭大运河感
（2016年7月6日）

横跨江河贯南北，
扬波逐流两千载。
脚丈大地巧勘探，
力破山石多壮哉！
名城重镇临河起，

漕运维系大动脉。
人间奇迹世界先,
苏巴运河黯失色。

夜览绍兴鲁迅故里
（2016年7月9日）

夜幕降临华灯上,
先生故里喧如常。
当年笔下好景致,
而今想象何相仿。
百草园边泥墙根,
三味书屋私塾堂。
咸亨酒店茴香豆,
老台门深金桂香。
也见长衫孔乙己,
少年闰土憨模样。
呐喊余音似有声,
阿Q自嘲独自享。
鲁镇故事何其多,
蓦然回首静思量。

杭州西湖苏堤
（2016年7月11日）

苏堤如长龙,卧波平湖中。
首尾游南北,龙身摆西东。

弓身起桥拱，拱下映彩虹。
龙鳞绿葱郁，桃柳情万种。

晨练左海观荷花
（2016 年 7 月 23 日）

半塘碧青几朵红，
莲灯悄亮绿丛中。
初阳高照露欲滴，
日映花红荷葱茏。

忆儿时夏日纳凉
（2016 年 7 月 24 日）

日落黄昏后，洒水庭院前。
清地除尘垃，露天聚晚餐。
嘻嘻匆沐浴，凉床枣树边。
仰面数星星，侧耳听鸣蝉。
蝙蝠头上飞，蛙声草中掩。
月影晃悠悠，山风催我眠。
夜半暑气消，黎明露水沾。
迷糊返卧房，续梦到明天。

赴宁夏飞行经西安所想

(2016年7月31日)

万米高空瞰西京,
千年古都一掠影。
多少豪杰风流尽,
唯见青山绕白云。

宁夏水洞沟

(2016年7月31日)

史前遗址地,长城水岸边。
土林峡谷幽,边塞古堡前。
芦苇鸟翔集,红山湖绿蓝。
藏兵洞窟深,地穴垒庄园。
三万年文化,古人类画卷。

西夏王陵

(2016年8月1日)

一代枭雄西夏土,
三分天下塞上狼。
骄奢淫逸遭子弑,
贺兰山下冢荒凉。

贺兰山岩画

(2016年8月1日)

远古高岩遗画廊,
游牧先民凿祈望。
史前人类艺精博,
华夏文明万年长。

贺兰山

(2016年8月1日)

浩瀚大漠拔地起,
巍峨绵延五百里。
雄峰敖包千丈高,
横空塞上卧天际。
荒漠平原分野界,
古来兵家必争地。
岳氏一词满江红,
声名鹊起神州誉。

银　川

(2016年8月1日)

贺兰山下古城垣,
塞上明珠绿平原。
湖泊珠连芦苇青,
风物景色赛江南。

宁夏沙湖

（2016年8月3日）

一半湖水一半沙，
塞上江南风景画。
绿水浩淼芦苇荡，
黄沙成丘似金塔。
沙鸥翔集绕白雾，
骆驼卧息待客耍。
水乡大漠融一体，
湖光沙色誉天下。

登中华黄河楼

（2016年8月4日）

王勃挥毫作序文，
滕王阁楼千古名。
"崔颢题诗在上头"，
黄鹤楼闻九州声。
季凌咏登鹳雀楼，
劝君更上楼一层。
巍巍中华黄河楼，
何时有文惊世人？

游青铜峡

（2016年8月4日）

左岸岩山右滩草，
水黄草绿竞妖娆。
西瞻一百零八塔，
东观牛首山寺庙。
白云悠悠天际辽，
轻艇漫游尽逍遥。
青铜高峡出平湖，
大禹拄锹颔首笑。

注：在青铜峡牛首山边立有大禹铜像雕塑。

七夕节傍晚遐想

（2016年8月9日）

仰望碧空寻鹊桥，
夜幕未下桥难找。
白日高挂徒心焦，
无尽情思谁知晓？

大田县印象

（2016年8月16日）

大田无田九成山，
小县有县五百年。
仙峰山下古桥阁，
均溪河畔新城岩。

清早步行大田绿道

（2016年8月17日）

雨后山青翠，云雾飘林间。
松枝露欲滴，竹叶噙珠点。
小草沐葱倩，路花迎笑脸。
坡下鸡鸣早，岭上鸟吟欢。
绿道十余里，彩带绕山转。
东方露晨曦，岩城展新颜。

赞客家土楼

（2016年8月17日）

古朴民俗风情，客家文化象征。
民居艺术奇葩，南迁历史见证。
华夏文明传承，中原传统神韵。
人类独一无二，世界遗产盛名。

观永定客家家训馆启示

（2016年8月17日）

客家家训集成，安身立命根本。
修身齐家之道，社会价值缩影。
家庭精神内核，承载宗族鸿运。
家风民风正淳，华夏民族必兴。

华安县城印象

（2016年8月19日）

一江隔两岸，两岸对面街。
一水架五桥，五桥牵山岳。

贺中国女排里约夺冠

（2016年8月21日）

十年磨剑出利锋，
里约鏖战显神功。
红颜柔情胜须眉，
华夏巾帼真英雄！

赞隧道
——赴邵武穿万米隧道想
（2016年8月29日）

青山压顶脊柱挺，
掏尽腹心空留身。
任凭车龙穿梭过，
甘为行旅缩短程。

访修复中的和平古镇
（2016年8月29日）

千年古镇不虚传，
已逝繁华隐然现。
明清遗居两百幢，
街闾九曲十三弯。
纵横交错大小巷，
风雨谯楼见尘烟。
青砖琉瓦石板路，
古香朴淳韵中原。
和平书院书墨香，
传统民俗世绵延。
城堡古遗旦换颜，
大江南北罕稀见。

邵武平和书院

（2016 年 8 月 29 日）

峭公归隐创书院，
家族兴学开始端。
诱教后生四面来，
进士之乡八方赞。

注：峭公，即黄峭（872-953），字峭山，后裔尊称为峭公或峭山公。

八闽要塞第一关
——访光泽止马镇古杉关

（2016 年 8 月 31 日）

巍峨武夷北端巅，
杉岭险峻云接天。
千军过隘皆止马，
八闽要塞第一关。

丽江行

（2016 年 9 月 3 日）

万里空程经贵阳，
一穿云涛落丽江。
丽江胜景天下闻，
心仪已久思慕仰。

千年古城水傍街，
五花石条道流光。
项背相望客休闲，
长街小巷商家忙。
纳西火锅金鳟鱼，
东巴美酒满腹香。
玉龙雪山巅峰寒，
蓝月谷溪水幽凉。
演绎丽江千古情，
沉思追梦或再访。

夜逛丽江古城街

（2016年9月3日）

石板街巷古居落，
千商万店霓灯烁。
琳琅满目形色品，
比肩继踵客穿梭。
酒吧喧闹人声沸，
东巴手鼓满耳聒。
午夜时分遽然静，
远处飘来轻盈歌。

蓝月谷的水
（2016 年 9 月 4 日）

玉龙山雪白，雪融水圣洁。
幽潭映客影，深浅俱清澈。

阴雨天上玉龙雪山
（2016 年 9 月 4 日）

手持氧瓶登雪山，
幽谷索道心怦然。
人人紧裹滑雪衣，
中秋时节仍觉寒。
大雾弥漫隐残雪，
小雨淅沥遮望眼。
观景台上无景观，
未见巅峰留遗憾。

洱　海
（2016 年 9 月 5 日）

洱海非海湖似海，
苍山玉案卧新月。
碧波万顷瑶台镜，
白云海雾连天接。

初识大理
（2016年9月5日）

古来闻说是天堂，
署止于温寒止凉。
苍山峰上浮白云，
洱海万倾色空茫。
崇圣寺塔擎天上，
大理坝子好风光。
五朵金花儿时恋，
寻觅踪影意徜徉。

夜晚散步澜沧江岸
（2016年9月6日）

澜沧江水浚波流，
倒映傣家竹脚楼。
景洪酒吧满街景，
游船轻缓江中游。
江南江北人熙攘，
桥上桥下江风悠。
静思大河奔何处，
情系南海望北斗。

基诺山寨

（2016年9月7日）

山寨基诺风，舅舅得尊崇。
阿嫫腰北神，重创世纪宗。
太阳鼓神灵，鼓舞庆登丰。
有言无文字，刻木记事功。
奉行成人礼，恋爱自由从。
父名子姓氏，母系主侍弄。
原始部落深，一朝入社公。
五十六兄弟，最新归家中。

注：（1）基诺族社会由原始社会的农村公社向社会主义直接过渡。
（2）1979年6月经民族确认成为中国第56个民族。

云南民族村

（2016年9月8日）

原始部落旧型，
族族别致清新。
村寨风格迥异，
尽显特色风情。
团结和谐象征，
氏族文化缩影。
一日尽览风貌，
犹如走进仙境。

中秋愁
——"莫兰蒂"超强台风夜度中秋
（2016年9月15日）

中秋好伤愁，月隐乌云后。
不见嫦娥影，吴刚洒泪酒。

赞天宫二号
（2016年9月16日）

中秋皓月明，大漠戈壁清。
天宫翱苍穹，浩瀚宇宙行。
太空探实验，登月必功成。
九霄飞天梦，中华民族魂。

十五月亮十七圆
（2016年9月17日）

十五月亮十七圆，
人生无常少悲天。
阴晴圆缺尚可测，
悲欢离合难亦然。

日月同辉纪盛年
——清晨晨练见日月同辉有感
（2016年9月18日）

东方日出霞满天，
西边月明映河山。
白云悠悠碧空尽，
日月同辉纪盛年。

观成都武侯祠（汉昭烈庙）
（2016年10月1日）

生前君臣不二心，
死后主仆同一庙。
三顾茅庐襄大业，
几谏后主出师表。

佛教圣地峨眉山
（2016年10月2日）

峨眉天下秀，万佛顶上悠。
二十六寺庙，钟声满山透。

夜逛成都宽窄巷遐想

(2016年10月2日)

地有南北，巷有宽窄。
物有正反，事有好坏。
路有长短，树有直歪。
水有深浅，花有落开。
家有富穷，人有高矮。
钱有多少，色有黑白。
大千世界，见怪不怪。
平常心静，一生精彩。

青城山

(2016年10月3日)

青城天下幽，林深涧溪流。
日映山翠绿，月城湖清柔。
天师布道场，地静好身修。
初识如初恋，胜地堪胜游。

都江堰

(2016年10月3日)

岷江汹涌北哮南，
水流湍急多灾难。

李郡巧借山水势，
无坝引水自流灌。
鱼嘴破浪内外江，
飞沙堰抛泥沙卷。
宝瓶口开控洪量，
清泉直流达川原。
万代功业世界殊，
滋养天府两千年。

武夷山
（2016年10月14日）

山青峰峻水九曲，
史厚理深世双遗。
郭老夸赞虽过誉，
百看不厌是武夷。

大红袍传奇
（2016年10月14日）

举子遭病赴京考，
和尚援医茶作药。
状元答谢询茶处，
九龙窠下披红袍。
神奇草汤救皇后，
佳品年年贡王朝。

峦壑幽涧育岩韵，
乌龙之祖声名骄。

政和白茶
（2016年11月7日）

有闻福鼎白茶好，
不知政和名更早。
北苑灵芽天下精，
九百年前献龙袍。

政和孕育朱子地
（2016年11月8日）

一代孕圣地，三辈桑梓情。
育人开先河，办学创云根。
教化施于民，山野文风振。
八方学子涌，理学集大成。

赞老代表
——91岁离休干部吕居永参加省十次党代会
（2016年11月26日）

九秩老翁身板硬，
两腿利索步履轻。
大会小会不缺席，

场上场下满腔情。
慷慨陈词说报告，
把握精髓理解深。
众人纷纷争合影，
代表大会一明星。

千年涌泉寺
（2016 年 12 月 4 日）

隐伏深山不露身，
世外桃源堪奇景。
千佛陶塔千佛面，
千年铁树千年青。
千口之锅千载史，
千万经书千多僧。
血经雕板佛界殊，
闽刹之冠四海闻。

鼓　山
（2016 年 12 月 4 日）

巨石如鼓冠山名，
涌泉古刹千年声。
拾级而上处处景，
登临瞰下绿满城。
横卧南北海风平，
阻断东西山岭峻。

平日休闲好去处，
节假蜂拥榕城人。

闽北深山慰问困难户有感

（2017 年 1 月 9 日）

病残老弱奈何天，
大爱有情不觉寒。
红包仅解燃眉急，
绿网社保顾身全。

车行闽北深山村

（2017 年 1 月 10 日）

一车道弯急，两山林深绿。
涧溪水潺潺，云雾袅依依。
烟垄似麦田，稻茬吐新绿。
一入村庄口，恍惚回故里。

悟登山

（2017 年 1 月 25 日）

陡峭不可畏，心中有坦途。
抬眼望顶上，脚高山势低。

深圳罗湖老街

（2017年1月28日）

深圳人祖根，鹏城文化魂。
古老旧墟市，当代新盛景。
特区发源地，深港互通门。
万商云聚集，国际都市影。

游深圳锦绣中华园

（2017年1月30日）

一眼望江山，半日游中华。
五千年文明，九万里夷夏。
时空贯乾坤，山河绘巨画。
大地锦绣美，壮哉我国家。

丁酉开工逢春日

（2017年2月3日）

春来春去春又顾，
大地阳和草木苏。
丁酉开工逢春日，
万事万顺万家福。

喜见两株玉兰花竞艳

（2017年2月11日）

一树兰白一树红，
怒绽竞放赛艳浓。
轻枝摇曳婆娑姿，
婀娜少女舞春风。

观三明万寿岩遗址

（2017年2月16日）

远古穴居万寿岩，
多元世纪遗一山。
中更新世石工具，
闽史前推十万年。

注：中更新世，是第四纪冰川更新世中间的一个时期。

夜逛北京后海街

（2017年3月7日）

一街酒吧半海红，
流光溢彩映水中。
古老京都焕春色，
皇城根儿夜紫彤。

夜逛北京簋街

（2017 年 3 月 10 日）

簋街小吃不虚名，
天南海北一锅盛。
八珍玉食麻辣味，
一夜吃尽北京城。

参加省直机关植树

（2017 年 3 月 22 日）

春日草木盛，植树好时机。
栽下一棵苗，成荫方丈绿。
一人植一株，绿色覆万亿。
大地多氧吧，天空少霾气。

西湖寻春

——微信见红衣美女西湖桃花前留影

（2017 年 3 月 25 日）

昨日佳人留倩影，
今晨早起去窥寻。
人面归回花犹是，
红衣俏丽千秋春。

清明节假瞻仰家乡金寨红军广场

(2017年4月2日)

十万儿女十万军,
十万英烈十万魂。
忠骨处处埋青山,
魂系工农翻乾坤。
星火燎原鄂豫皖,
烽烟漫卷钢铁营。
一上八中五十少,
将军报国不朽勋。

途经皖南观油菜花

(2017年4月4日)

放眼田野遍地黄,
轻风微拂花起浪。
俯身亲吻静静闻,
沁人心脾淡淡香。
蜜蜂嗡嗡叮艳蕊,
蝴蝶款款舞飞翔。
层层叠叠娇可人,
春满江南花天堂。

采石矶江边说李白
（2017年4月5日）

桀骜自负不媚权，
一生落魄做诗仙。
把酒神游客他乡，
太白金星耀九寰。

福州落叶春似秋
（2017年4月9日）

一车风驰过，卷起一路叶。
细雨靡靡下，榕城春秋色。

夜逛南平市（延平）街区
（2017年4月11日）

一条长街依江流，
几座高桥架壑丘。
街区是道道为街，
人行车流晚不休。
幢幢楼宇山间立，
路斜巷窄台阶陡。
山岩河岸处处店，
小城嵌在夹皮沟。

登 山
——访福建省登山协会
（2017年4月15日）

无畏艰难肯登攀，
有志方能摘桂冠。
道路崎岖需毅力，
山势陡峭巧攀援。
一步一脚扎实迈，
瞻前顾后防厄险。
人生旅途常登望，
竭尽全力莫等闲。

福州福道
（2017年4月23日）

东北接左海，西南连闽江。
横贯数山岭，山水生态廊。
环架悬浮空，栈道绿林上。
大地舞长龙，林中鸟飞翔。
岭上樱花园，坡下清湖塘。
脚底窥涧谷，松竹桐花香。
漫步蜿蜒道，恍若腾空逛。
俯览榕城貌，壮哉步道王。

游永泰嵩口古镇
（2017年4月29日）

一溪码头大樟树，
五县通衢老商埠。
星罗棋布厝有致，
鹅卵石街鹤形路。
砖雕泥塑木板画，
青山绿水春风沭。
明清村落今犹是，
千年古韵遗民俗。

观永泰县嵩口民俗博物馆
——触景生情忆儿时农家印象
（2017年4月29日）

犁耙事农耕，锄镐垦山林。
风车扬谷麦，瘪去饱余存。
机织一尺布，纱纺十两锭。
调线盒弹直，斧凿木合榫。
和泥摔土坯，墙砌茅屋顶。
土砻除稻壳，碓舂杵米精。
抱棍推石磨，手筛罗面粉。
木桶扁担挑，取水山边井。
忽地时代变，千年方式更。
如今新生活，陈故无踪影。

夜走漳州九龙江郊野公园
（2017年5月2日）

迈步逐月影，两耳灌蛙鸣。
花草随风香，九龙水涔涔。
休闲乐健身，疾速如行军。
夜晚生态游，归来一身轻。

赞龙江精神
——赴龙海榜山镇洋西村龙江精神发源地调研有感
（2017年5月3日）

堵江截流舍小我，
众志成城撼长河。
丢卒保车顾大局，
龙江风格誉全国。

老家古井
（2017年5月4日）

山脚田边老古井，
湛澈透底色泽润。
清晨提水人照镜，
黄昏临井镜照人。
手捧掬饮滋甘甜，
消热解渴沁肺心。

不论春夏与秋冬,
汩汩泉涌无亏盈。

雨中走左海观荷苗
（2017 年 5 月 6 日）

小荷尖尖出平湖,
青盘捧着白玉珠。
初夏左海胜春色,
满塘烟雨半碧秀。

福州大腹山步道
（2017 年 5 月 7 日）

紫藤绕栏栅,茉莉花满田。
相思树绿荫,香樟遍腹山。
起步榕树林,半坡观石岩。
远眺油桐花,绿丛拥木棉。
步道飘彩虹,红快绿带慢。
天然植物园,健身好休闲。

观修复中的福州上下杭
（2017 年 5 月 10 日）

大江连河集众商,
会所拥聚上下杭。

市埠对开沿河下，
古居洋墅山城上。

游仙游菜溪岩

（2017年5月13日）

菜溪水潺流，唐古道幽幽。
心动石立顶，仙鼎落溪沟。
红石龟憨厚，猿人头眉愁。
瀑布雷轰下，虎啸岩听吼。
山青溪水秀，美景不胜收。
华丽在险峰，遗憾频回首。

星晚逛福道

（2017年5月14日）

晴天云归尽，碧空满星辰。
夜色摇月影，梅峰岭寂静。
山下城通明，山上无灯影。
晚风轻悠柔，花香好袭人。
朦胧翠氤氲，迎面不识君。
星晚逛福道，胜似阳天景。

与同学鼓岭休闲

（2017年5月21日）

蒙蒙细雨逛鼓岭，
清风习习草木馨。
大梦书屋闻墨香，
一杯咖啡细细品。
漫步古道石板青，
乐游宜夏别墅群。
小溪岸边观蝌蚪，
柳杉王下聊闲情。

端午节假出游夜宿武夷山

（2017年5月27日）

天游峰翠云瑞祥，
大王值守送夏凉。
玉女相伴吟九曲，
岩韵茶浓入梦乡。

浙江龙泉印象

（2017年5月28日）

龙泉山势江浙颠，
宝剑锋利两千年。
青瓷釉光闪九州，
层峦叠嶂欧江源。

婺源徽派建筑

（2017年5月29日）

粉墙黛瓦映山青，
飞檐翘角腾麒麟。
雕梁画栋古色香，
民俗源自徽文明。

婺源江湾

（2017年5月29日）

山环溪绕千年村，
锦峰秀水万象灵。
梨园河势太极图，
后龙山峻四季青。
一街六巷卦方阵，
古村古朴古风韵。

小镇代代出名流，
杰出当数萧江人。

鹰潭龙虎山
（2017年5月30日）

龙腾虎跃入山崖，
岩山秀水出丹霞。
巨宏屏障横天蠹，
天然国画空中挂。

平潭坛南湾
（2017年6月10日）

天蓝海蓝山青蓝，
白云悠悠鸥翔跹。
岛现礁隐千层浪，
银沙柔棉十里滩。
潮声如乐轻拍岸，
波光晶莹色斑斓。
岚岛风景冠八闽，
最美当数坛南湾。

窗下雨读

(2017年6月17日)

夏雨潇潇气氲清,
芳草幽香心恬静。
双休安闲免应酬,
正是读书好光景。

傍晚乘机赴北京见天宫美景

(2017年7月12日)

晚霞四射划长空,
白云万里起彩虹。
天宫美景堪称奇,
胜似人间花鸟松。

里约热内卢面包山

(2017年7月14日)

雄踞海湾大洋边,
奇峰突兀势伟岸。
挺拔陡峭四壁光,
孤立苍茫天地间。
登顶远眺海蔚蓝,
城绕山转水连环。

银滩拱卫半轮月,
里约之美首在山。

巴西智利的涂鸦
(2017 年 7 月 16 日)

拉美文化一奇葩,
大街小巷满涂鸦。
一条围墙画长廊,
半楼流彩映残霞。
新墙卡通尚可观,
旧壁狂潦秃笔爬。
桥梁高墩印美照,
涵洞海岸图鱼虾。
手法劣拙非艺术,
随心所欲任由他。
满目疮痍牛皮癣,
五花八门惹眼花。

美国华盛顿国家广场印象
(2017 年 7 月 20 日)

方尖塔立开国君,
宏伟堂馆纪功勋。
白宫古典非高厦,
绿草新柔树矮荫。
五角大楼戌西疆,

国会山上日东升。
林荫长廊三千米，
楼宇不过十三层。
多元文化风格异，
博物馆院占半城。

注：宏伟堂馆：即林肯纪念堂、杰斐逊纪念馆、罗斯福纪念馆等。

旧金山

（2017年7月22日）

三面环海一陆洲，
一天四季夏春秋。
满山别墅陡峭街，
叮当缆车导客游。

台风后晨练

（2017年7月31日）

纳沙刮过雨未休，
打伞锻炼情依旧。
两圈走后竟开颜，
天遂人意精神抖。

福州鼓岭柳杉王

（2017年8月7日）

栉风沐雨上千年，
独木成双情意绵。
傲视雷公常葱郁，
鼓岭风光一名片。

清晨观建宁坪上梯田荷花

（2017年8月11日）

千年荷乡万亩莲，
梯田莲海接云天。
薄雾轻漫白鹭飞，
山青花红水流潺。
莲蓬盘圆迎笑脸，
荷花仙子采莲田。
莲叶盛露向朝阳，
辉映晨曦花满山。

食安天下安

——食品安全法实施情况检查所思

（2017年8月21日）

民以食为天，食以安当先。
科技润丰田，催熟长时短。
灭虫量超限，品中留药残。

更有商毒奸，昧心赚黑钱。
掺杂使假骗，恶意化学添。
安全法高悬，消患出重拳。
监管管头源，督查查全线。
严惩作恶汉，执法势必严。
亿众起宣传，全民保舌尖。
健康国强悍，食安天下安。

遗憾不见太姥山
——天鸽台风时路过太姥山下有感秦屿镇更名为太姥山镇
（2017年8月22日）

路过太姥山，不见太姥山。
不是不想见，心中多疑悬。
昔日秦屿镇，如今更名签。
身在山脚下，迷惑十年前。
欲望夫妻峰，乌云遮望眼。
蓦然回头看，旧地换新颜。

登厦大主楼21层望金门
（2017年9月12日）

登楼望金门，海上隐岛城。
同胞门对门，往来如相亲。
高粱美酒醇，团聚常欢饮。
五缘源流深，共醉中国心。

老兵惜别
——送武警三中队老兵退伍

（2017年9月14日）

握手微感身在抖，
对视眼汪泪忍流。
话别问候声沙哑，
依恋不舍故乡愁。

屏山大院松鼠

（2017年9月18日）

树下觅食乐陶陶，
见人忽窜一丈高。
翘尾作揖眯眯笑，
和谐相处共逍遥。

观花工浇花圃

（2017年9月19日）

手握长蛇舞花前，
远喷近吐晴雨天。
高枝干渴猛浇洒，
矮草嫩茵起紫烟。
绿叶洗尘青翠滴，
红花出浴多娇艳。

晨曦绚丽透云霞，
美秋如春更灿烂。

敬先烈
——参加省市向烈士敬献花篮仪式
（2017年9月30日）

低首默哀祭先烈，
国歌高亢颂英杰。
少年接班稚声亮，
壮士抬篮缓登阶。
拾级而上仰望塔，
驻足旗下思前夜。
六十八载复兴路，
无数星辰奉明月。

新疆戈壁荒漠
（2017年10月2日）

千里戈壁草野黄，
中秋时节堪荒凉。
满眼苍茫点点绿，
罕见游牧牛和羊。

从乌鲁木齐穿戈壁高速赴伊犁

（2017 年 10 月 2 日）

天山一横卧千里，
戈壁茫茫着天际。
神龙见首不见尾，
朝辞乌市晚伊犁。

过新疆伊犁果子沟大桥

（2017 年 10 月 3 日）

沟壑千丈高，雪山万仞峰。
回首望大桥，半空卧长龙。

赛里木湖

（2017 年 10 月 3 日）

高原出碧湖，天山衔玉珠。
峰雪群环抱，牧场草金苏。

参观伊犁将军府

（2017 年 10 月 3 日）

统辖天山筑九城，
维稳西域固疆宁。

拓荒屯田兴水利，
伊犁将军殊功勋。

克拉玛依石油磕头机
（2017年10月3日）

百里戈壁万磕头，
一磕再磕磕出油。
磕乞人类动能源，
磕拜大地恩泽厚。

克拉玛依观千亩向日葵
（2017年10月4日）

放眼大地遍金黄，
千亩向日葵花香。
亿万笑脸迎太阳，
民族和睦美边疆。

游新疆过中秋
（2017年10月4日）

国庆佳节逢中秋，
休闲结伴西域游。
宰羊举杯邀明月，
浓雾阴雨月害羞。

秋风飒飒夜寂静，
蒙古包里放歌喉。
可可托海胜景美，
万里思亲故乡愁。

参观可可托海三号矿脉
（2017 年 10 月 5 日）

三号矿脉国功勋，
两弹一星入青云。
奠基稀矿新时代，
舍身还债为国民。

阿勒泰可可托海大峡谷
（2017 年 10 月 5 日）

十里长谷水清幽，
白桦叶黄一河秋。
曲径松柏青翠映，
岸上草场牧羊牛。

天苍苍野茫茫
——黄昏阿勒泰赴奇台感受天苍地茫
（2017年10月5日）

天苍地茫云海宇，
车行戈壁如爬蚁。
广袤大地空旷芜，
穹顶四野望无际。

坎儿井
（2017年10月6日）

沙漠戈壁水如油，
干旱少雨难蓄收。
雪山化融土下渗，
竖井横渠暗道流。
土下连环交织网，
地上涝坝应需求。
千年工程堪奇迹，
万里灌溉浇绿洲。

在新疆赴鄯善县喜见大雪

（2017年10月6日）

飘飘大雪从天降，

急匆下车齐观赏。

南国少得银装扮，

罕见纷飞欣喜狂。

人人抓拍雪花景，

展臂昂首朝天仰。

飘落满头不忍拍，

一任雪花沾衣装。

赴顺昌见毛竹林

（2017年10月19日）

冬寒毛笋满山坳，

春暖破土雨后苗。

夏令拔节迎风长，

秋来成林数丈高。

直挺窈窕丰姿娇，

从根到杪皆为宝。

精巧工艺千多品，

万家寻常少不了。

重阳早晨西湖赏菊花

（2017 年 10 月 28 日）

重阳踏秋赏菊花，
红艳似火紫似霞。
朝阳耀晖夕阳远，
盛世花甲好年华。

建宁荷蟹

（2017 年 11 月 7 日）

自小玩花下，游乐莲蓬殿。
一生好风流，终作盘中餐。

立冬翌日见香樟落红叶感

（2017 年 11 月 8 日）

几片红叶零落撒，
万枝绿缥偷度夏。
南国冬来元未觉，
满街美女乔其纱。

夜观西湖菊展

(2017 年 11 月 12 日)

白日竞斗艳,夜来不愿眠。
七色摇灯影,百姿绝奇幻。

再赴顺昌观竹器加工

(2017 年 11 月 14 日)

幼小冬眠襁褓中,
经春历夏舞东风。
莫道腹空无才华,
民生家居堪大用。

逛西湖又观福州冬菊

(2017 年 11 月 22 日)

无霜无雪无畏寒,
有姿有色有奇艳。
姹紫嫣红妖妍丽,
最是多情惹人怜。

黄昏闲逛洛阳江

（2017年12月20日）

黄昏闲逛洛阳江，
洛阳桥上思飞扬。
古都名城千里外，
何以江桥落异邦。
世乱流离避战荒，
开垦筑堡河洛郎。
中原根脉难割舍，
那山那水似故乡。

泉州洛阳桥

（2017年12月20日）

洛阳江上洛阳桥，
千年文明千载傲。
筏型基础坚底牢，
悬机浮架石板条。
殖蛎固基天然胶，
刀锋船墩抗逆潮。
跨江接海巧构造，
名震寰宇举世骄。

过安溪远观茶山
（2017年12月27日）

梯田层层触云端，
山山叠嶂翠冈峦。
茶棵垄垄盘旋上，
天降巨螺伏青山。

元旦晨练西湖左海
（2018年1月1日）

湖光潋滟满园新，
白鹭翔飞百鸟鸣。
广场早舞乐盈盈，
盛世年华又一春。

53层高楼观闽江两岸夜景
（2018年1月16日）

万家灯火千楼霰，
一江霓虹映两岸。
数条彩龙卧南北，
水上流星荡游船。

立 春
（2018年2月4日）

腊冬寒犹在，春已悄悄来。
北国雪皑皑，榕城花复开。

榕城寒冬
（2018年2月5日）

鼓岭飘大雪，闽江起霜冻。
小草蔫地黄，鲜花失艳红。
日出气不暖，入夜街寂空。
来闽三十年，榕城最寒冬。

在顺昌夜观知青雕像群
（2018年2月10日）

一群热血儿，大地写青春。
风华正茂时，峥嵘岁月魂。

观顺昌合掌岩上万佛字
（2018年2月11日）

佛字满山崖，千碑万佛华。
静心细品赏，修身潜默化。

游莆田九龙谷国家森林公园

（2018年2月19日）

幽洞深潭瀑布鸣，
喷珠落玉九龙吟。
峰峦起伏蔽天日，
葱郁仙谷气爽清。

逛天安门广场遐想

（2018年3月5日）

中华文明丽象征，
千年风骚皇城根。
华夏众群朝圣地，
九州炎黄民族魂。
风起云涌卷新潮，
时局变幻预警醒。
神州大地共神往，
海角天涯心相倾。

幸福是奋斗出来的
——在北京参加工人日报与闽一线劳模代表两会夜话感

（2018年3月7日）

工匠精神毅勇坚，
顽强拼搏乐奉献。
追求卓越筑梦想，
汗水浇灌福满园。

瞻仰人民英雄纪念碑

（2018年3月8日）

血肉垒起巍峨碑，
无数英烈振国威。
独立自由中华志，
人民英雄青史垂。

参观北京鲁迅博物馆感

（2018年3月11日）

华夏脊梁民族魂，
一生抗争呐喊行。
弃医从文救国难，
奋力求学渡东瀛。
现代文学奠基石，

狂人日记发先声。
横眉冷对千夫指,
不畏强暴铁骨铮。
文化革命急先锋,
二十世纪一巨人。

观梅兰芳纪念馆遇闭馆

(2018 年 3 月 12 日)

寻游梅馆近黄昏,
时值周一不开门。
未能如愿留遗憾,
悻悻回转思沉沉。
梨园戏剧艳奇葩,
梅派独树旗帜新。
繁荣唱盛两百年,
国粹高雅何传承。

观北京钟鼓楼

(2018 年 3 月 13 日)

岁月沧桑七百年,
雄居南北中轴线。
红墙朱栏雕梁画,
气势恢宏何壮观。
鼓楼置鼓钟楼钟,
晨钟暮鼓报时点。

浑厚钟鼓声悠远，
时代揭翻新画卷。

游北京潭柘寺

(2018年3月15日)

龙潭柘林九峰下，
佛入京城第一刹。
晋创唐兴皇室拜，
信众如云百姓家。
参天古木郁葱葱，
佛塔林立势劲拔。
千七岁月香火盛，
历经磨难仍辉华。

再访梅兰芳纪念馆感

(2018年3月18日)

梨园世家三代传，
扮相俏丽饰男旦。
八岁学戏十登台，
舞台生涯六十年。
出演剧目过双百，
独创梅派声名远。
中华文化一瑰宝，
一代大师誉云天。

逛北京恭王府随想

（2018年3月19日）

王去府空园依然，
霸气消尽不复还。
恭忠亲王府有名，
中堂贪婪臭万年。
人生得意休忘形，
敛财过顶终遭患。
朗朗乾坤艳高照，
紧绷廉洁莫松弦。

逛西湖观宛在堂

（2018年3月24日）

西湖千年景色光，
孤山宛在水中央。
文人墨客时相聚，
作诗吟赋宛在堂。
五百春秋绵延兴，
留有诗篇一长廊。
转瞬即是新世纪，
湖清诗盛永流长。

乘高铁途经江南赏春

（2018年4月4日）

河柳新枝吐娇嫩，
桃花怒撒嫣红粉。
油菜花黄映山野，
田间小草绿茵茵。
万物复苏大地醒，
小桥流水云氤氲。
几缕炊烟飘天际，
初春江南好迷人。

清明扫墓

（2018年4月5日）

细雨绵绵去上坟，
老天阴沉心更沉。
父母养育天恩重，
儿女顺孝倍觉轻。
烧纸磕首赔己过，
难赎原罪未尽心。
唯有立德善做人，
告慰双亲在天灵。

清晨登大坝观金寨梅山水库

（2018 年 4 月 6 日）

史河源上一明珠，
宏伟工程世界殊。
连拱大坝势如虹，
横卧碧波高峡湖。
水光潋滟泛银浪，
大小梅山两岸出。
岛屿座座烟波隐，
湖光山色如画图。

正午观赏五四路上木棉花

（2018 年 4 月 19 日）

火树红花十丈高，
繁华闹市竞妖娆。
壮硕身躯矗天地，
英雄魁伟多自豪。
无须绿叶相配衬，
芳焰拥簇艳阳照。
蓝天白云齐辉映，
傲视百花仰天笑。

夜逛海峡茶都

（2018年4月21日）

千家店铺半座城，
满街馨香沁透心。
家家开壶随兴泡，
一杯清茗迎客宾。
老枞醇厚甘甜爽，
新叶初春清幽韵。
人生如茶细细品，
平平淡淡才是真。

龙岩古田五龙村

（2018年4月24日）

五岭逶迤龙聚首，
古朴客家走马楼。
红色遗迹映蓝天，
绿荫田园乡村游。
盛事舞龙祈丰收，
平日觞客沉缸酒。
年年好来节节高，
殷殷期望天恩厚。

赞劳模
——参加省庆五一暨劳模表彰大会感

（2018年4月27日）

爱岗敬业争一流，
拼搏创新苦奋斗。
淡泊名利乐奉献，
追求卓越不止休。
民族精英国脊梁，
领跑时代立潮头。
大国工匠绣八闽，
劳模精神耀九州。

晨练观西湖开化寺

（2018年4月29日）

一派湖光映古寺，
千年开化焕新姿。
红色曲廊连矮楼，
绿荫花草拥高枝。
庭院静幽香袭人，
亭台楼榭清朴质。
堆山叠石水潺潺，
园林佛地好画诗。

观西禅寺报恩塔
（2018年4月30日）

八角飞檐擎天柱，
十五高塔华夏殊。
九廊八厅飞禽兽，
五百罗汉相伴伍。

西湖晨练谒林则徐塑像
（2018年5月1日）

披风屹立远眺瞻，
坚贞不屈神威严。
蹙眉冷眼志不移，
忧国忧民赤忠胆。

长汀店头街
（2018年5月7日）

明清古街一丈宽，
街头巷尾千尺远。
前店后坊楼宅居，
石板青瓦飞画檐。
大红灯笼高高挂，
古城墙卧汀水前。
千古风流一街汇，
客家首府美画卷。

重走红军长征路感

——参观工农红军第一村长汀南山镇中复村

（2018年5月8日）

劳苦工农疾恶仇，

一杆红旗插汀州。

浴血奋战掩主力，

万里长征起步走。

漫漫长夜启明星，

星星之火燎九州。

不忘初心再出发，

矢志不渝向北斗。

松毛岭之战

——瞻仰长汀松毛岭战役烈士纪念碑

（2018年5月8日）

百万敌军数重围，

飞机大炮逞淫威。

七昼七夜鏖战激，

护掩主力战略退。

敌众我寡惨死重，

万名英烈尸骨堆。

东方红日破云雾，

伟大复兴终告慰。

长汀丁屋岭客家山寨

(2018年5月8日)

黄泥土墙黑瓦屋,
依山阁搂青石路。
一口古井乾隆水,
神灵庇佑大蟾蜍。
山高林密石寨门,
曲径通幽飞瀑布。
原始村落客家寨,
秀丽风光民风朴。

铮铮铁骨瞿秋白
——参观瞿秋白纪念馆

(2018年5月9日)

奉命留守破敌障,
不幸被俘志如钢。
身陷囹圄话多余,
坚贞不屈篾劝降。
昂首高歌赴刑场,
痛饮白干斥豺狼。
视死如归端坐地,
笑对恶刽手中枪。

毛主席牵挂的长汀老古井

（2018年5月9日）

卧龙山南老古井，
青山平野汇龙津。
四季沁润甘甜淳，
千年澄澈不枯盈。
汩汩清泉佑福音，
养育客家兴子民。
当年井边话乡情，
伟人关切更知名。

长汀辛耕别墅

（2018年5月9日）

卢氏别墅盛有名，
朱毛驻扎屯四军。
谋划开辟根据地，
武装工农闹翻身。
以小窥大见社会，
座谈调研摸实情。
更喜姻缘传佳话，
朱康洞房结秦晋。

长汀店头街喝客家摔碗酒
（2018 年 5 月 9 日）

头顶星辰站街头，
双手捧盏客家酒。
仰脖灌下摔碗去，
叭的一声豪气牛。

参观红旗跃过汀江渡口感
（2018 年 5 月 10 日）

渡得红军三千，闽西红旗插遍。
遥望东方启明，神州星火燎原。

政和观紫薇花
（2018 年 6 月 5 日）

一枝浓艳多瑰丽，
红粉紫白映数里。
繁葩簇团花弄影，
灌木小乔皆玉立。
夏秋相连娇不败，
独树成景庇荫绿。
谁道花无百日红，
紫薇盛放四月期。

冒雨经政和至武夷山
（2018年6月5日）

两面青山雾迷漫，
倾盆大雨遮望眼。
水花溅起飞长龙，
车行高速如舟船。

雨后武夷山
（2018年6月5日）

远山隐隐雾蒙蒙，
近岭茶坡翠葱茏。
白云缭绕天游上，
云海波涛华天宫。
九曲婉蜒水灵秀，
栉沐出浴玉女峰。
人间仙境哪里寻？
雨后武夷梦幻中。

观炼钢随想
——赴三钢执法检查观炼钢
（2018年6月11日）

熔炉熊熊烈焰旺，
高温淬火铁成钢。

人生至善尚修炼，
除却杂质做栋梁。

初登庐山

（2018年6月16日）

早读李苏庐山诗，
无缘遇会难相知。
初识庐山真面目，
自嘲盲游一老痴。
身在近山急望尽，
横看高低均不是。
未上汉阳最高峰，
难观匡庐奇秀之。

经北山公路登庐山

（2018年6月16日）

百里蜿蜒四百旋，
一条巨龙盘山巅。
驱车而上翠峰游，
腾云驾雾登庐山。

庐山三叠泉

（2018年6月17日）

万斛明珠从天洒，
千只白鹭飞悬崖。
百幅冰绡抖长空，
一条银河九霄下。

庐山如琴湖

（2018年6月17日）

崇山翠岭一把琴，
岩上滴泉天籁音。
仙人洞外风光好，
曲桥亭榭通花径。
司马草堂犹可见，
大林寺庙无遗影。
当年桃花始盛开，
而今湖绿满山青。

观白居易草堂

（2018年6月18日）

如琴湖畔花径旁，
江州司马堪凄凉。
贬职流放荒山岭，

隐居三间破草堂。
乐天乐地乐忧民，
以诗排遣抒心伤。
浔阳江头琵琶行，
诗魔名篇千古扬。

晨练杭州贴沙河感

（2018年6日25日）

千年古河护杭城，
一渠水润天堂人。
内河黑臭比比是，
何以贴沙百年清。
禁行舟船一世纪，
杨柳花丛两岸青。
流水不腐清自来，
源有钱塘水活新。

观杭州梦想小镇

（2018年6月26日）

传统民居宋粮仓，
江南风韵淮扬乡。
青年创业创新地，
新型小镇起梦想。
无资无市无经验，
无中生有非黄粱。

有胆有识有创意,
阳光雨露育成长。

笼　鸟
——晨练杭州贴沙河公园观老人遛鸟
（2018年6月27日）

叽叽喳喳叫不停,
是呻是吟难辨声。
蹦上蹦下似欢乐,
何喜何悲不知性。
养尊处优金丝笼,
空长羽翼难飞行。
若以我心知鸟心,
渴望放飞归山林。

远眺六和塔
（2018年6月28日）

钱塘江畔月轮山,
六和高塔凌霄汉。
镇压钱塘江潮涌,
巍峨耸立势非凡。
翠郁群山相拥簇,
大江横流扬风帆。
世上古塔数最高,
中华载誉一千年。

过钱塘江大桥赞英雄桥

(2018年6月28日)

钱塘大江第一桥,
华夏独建得自豪。
问世三月勇献身,
粉身碎骨断狼道。
黎明前夕敌欲毁,
地下特工巧调包。
大军挥师逼迫近,
阴谋破败桥逍遥。
峥嵘岁月遇大险,
大木横卧轨枕槽。
永祥壮烈除险情,
长列呼啸平安好。

注:(1)钱塘江大桥建成通车三个月后,为防止日寇由沪侵入杭州,由茅以升亲自放置炸药炸毁。(2)1966年10月10日蔡永祥舍身搬去横在铁轨上的长木勇救列车乘客。

沈阳路观9·18纪念碑

(2018年7月2日)

石碑书刻九一八,
非战即退耻华夏。
惨痛教训勿能忘,
志在复兴强中华。

大连棒棰岛
（2018年7月3日）

海上棒棰漂，有水无衣捣。
不闻洗衣声，唯有浪滔滔。

大连印象
（2018年7月3日）

楼宇别墅千家面，
街区洁净百花栏。
蔚蓝天空海碧透，
海鸥成群结人缘。
星海广场世第一，
东方水城欧式板。
盛夏如春清爽凉，
北国美城不虚言。

在吉林看东北二人转
（2018年7月4日）

一男一女同登台，
一丑一旦对唱开。
一讲一答抖包袱，
一捧一逗笑开怀。

一唱一和俏情骂，

一舞一歌满堂嗨。

一荤一素插打浑，

一夫一妻更精采。

太阳岛二景观
（2018 年 7 月 6 日）

其一

太阳岛上太阳山，

太阳山上蠹紫烟。

紫烟笼罩太阳湖，

湖清水漖荷花艳。

其二

千亩湿地草木长，

鸳鸯戏水湖中央。

仙鹤群乐翩翩舞，

松鼠逗客捉迷藏。

哈尔滨虎园观虎叹
（2018 年 7 月 6 日）

不入虎园焉观虎？

观虎反被囚车屋。

虎在园中任逍遥，

人关车笼如动物。

自然法则相颠倒，

虎啸人类真可恶。
放虎归山自生灭,
万物和谐天地舒。

晨练厦门市区铁路文化公园
（2018年7月10日）

废旧轨道成绿道,
市民晨练乐逍遥。
昔日车隆扰宁静,
而今鸟鸣伴舞操。

深圳紫荆山庄
（2018年8月27日）

绿荫掩映西丽畔,
两万乔木植物园。
凤凰花落一地金,
紫荆红艳野路边。
涧溪叮咚水潺潺,
小桥细流鱼游欢。
栈道漫步向湖亭,
读书论道好休闲。

古都西宁
(2018年9月3日)

两千年城西平郡，
青藏高原东户门。
北来要塞国重地，
南往咽喉烽火亭。
唐蕃古道丝绸路，
黄河哺育史文明。
民族文化享誉盛，
河湟花儿西北魂。

青海湖
(2018年9月4日)

巍峨群山入云间，
碧波无垠水连天。
浩瀚缥缈白空净，
天降翡翠落玉盘。

清晨观西宁南禅寺法幢寺感
(2018年9月4日)

南禅法幢并排座，
佛家容事共享乐。
神界不计香客礼，
人间何必争你我。

青海日月山
（2018年9月4日）

太宗送亲和唐蕃，
公主翻越日月山。
身后山绿水清流，
放眼茫茫大草原。
仰天长叹泪成湖，
神圣使命裂肝胆。
赢得汉藏一家亲，
文成美名誉千年。

拜青海塔尔寺
（2018年9月4日）

殿宇错落势辉煌，
千座禅院莲花上。
宗喀巴师诞生地，
藏传佛教名远扬。
四大学院传佛经，
三绝艺术绘华章。
善逝八塔最美景，
留影心诚向佛堂。

甘肃敦煌

（2018年9月5日）

历史名城世界殊，
最骄当数莫高窟。
烽火连营玉门关，
河西走廊丝绸路。
三省交界四山沙，
大漠绿洲一姑苏。
古城浓郁西域情，
五湖四海客满途。

甘肃鸣沙山

（2018年9月5日）

宇宙神奇天使然，
风吹沙响聚成山。
峰峦起伏金长城，
西城独特风景线。

甘肃鸣沙山骆驼

(2018年9月5日)

五头一串十一线,
骆驼慢爬鸣沙山。
昔日西域驼丝绸,
而今旅游赚客钱。

甘肃月牙泉

(2018年9月5日)

长空落月映沙山,
亘古依旧不满圆。
狂风吹沙难掩埋,
一泉清水秀千年。

甘肃莫高窟

(2018年9月6日)

泥塑神佛复壁画,
千载万尊多妍华。
中华瑰宝珍稀少,
世界文明奇绝佳。

黄河边观水车展

（2018年9月7日）

别介铲辘木环圈，
先人独创已千年。
手摇脚踏提灌溉，
引渠舂米推磨盘。
华夏古老机械化，
农耕文明世界先。

歇夜兰州初识印象

（2018年9月7日）

黄河贯城滚滚流，
边郊荒秃绵山丘。
大街依势东西长，
铁桥横卧南北走。
鲤鱼肥美胜海鲜，
牛肉拉面誉九州。
史文跌宕两千年，
一天难识个中秋。

教师赞

（2018年9月10日）

红烛燃烧点文明，
金匙开启智慧门。
人类灵魂工程师，
修身育德孔圣人。
爱心浇灌万千苗，
坚守辛勤苦耕耘。
育得桃李满天下，
无悔丝尽霜两鬓。

红色井冈山

（2018年9月11日）

崇山峻岭郁葱茏，
工农武装育火种。
不惧豺狼虎豹啸，
黄洋界上炮声隆。
星星之火起燎原，
神州遍野烽火红。
开辟第一根据地，
中国革命立头功。

黄洋界保卫战

（2018年9月11日）

井冈山下敌围困，
黄洋界上筑铁营。
五道防线垒工事，
天然屏障巧布阵。
以少胜多弱胜强，
一营击退四团兵。
枪声大作鞭炮响，
一发炮弹定乾坤。

井冈山烈士纪念馆凭吊先烈

（2018年9月13日）

理想信念主义真，
无数英雄勇牺牲。
艰苦卓绝驱虎豹，
赤胆忠心向黎明。
粉身碎骨为大众，
白骨垒起新长城。
死难烈士永不朽，
浩然正气铸党魂。

清晨观井冈山火矩广场感

（2018年9月14日）

工农擎旗冲黑暗，
豺狼瞅见心胆寒。
漫漫长夜探新路，
星星之火可燎原。
不畏风雨和雷鸣，
真理力量大于天。
时空跨越勿忘志，
井冈精神代代传。

黄果树瀑布

（2018年10月2日）

神州瀑布多无数，
著名当数黄果树。
飞流直下涛声起，
半壁银花半山雾。

从贵阳经高速至黔西南布依族苗族自治州

（2018年10月2日）

连绵起伏山连山，
车行高速半山巅。

坝陵河桥百丈悬,
隧道幽长贯成串。

贵州马岭河大峡谷
(2018 年 10 月 3 日)

群瀑飞流垂天帘,
溶洞深窅宇宙眼。
峡谷悠长落银河,
天堑通途嵌云端。

国庆长假贵州旅游
(2018 年 10 月 3 日)

昨日黄果树挤人,
今儿马岭河谷静。
景区有热也有冷,
只在寻芳陶冶心。

贵州兴义万峰林
(2018 年 10 月 3 日)

万峰林矗连半天,
座座玉立比踵肩。
雾漫海洋波涛涌,
大地水墨长画卷。

小河清流绕村寨，
十里花香万亩田。
民族风情八音曲，
云贵高原胜江南。

游乌蒙大草原遭遇大雾
（2018 年 10 月 4 日）

盘山上乌蒙，领略草原风。
天不如人愿，浓雾漫苍穹。
咫尺见牛羊，观景雾簇拥。
匆匆留个影，仿佛月朦胧。

贵阳青岩古镇
（2018 年 10 月 5 日）

军事要塞兴古镇，
寺庙楼阁出明清。
雕梁画栋飞角檐，
依山傍岭石头城。
庙观教堂四合一，
东西南北四城门。
人文荟萃史悠长，
青岩石板岁月深。
洪武远征青岩堡，
康熙年建寺慈云。
一宫二祠三洞口，

五阁八庙九寺寝。
层层片石垒背街,
时光隧道极幽静。
城墙左右逶迤延,
依山上下起伏伸。
首位状元赵府邸,
周邓双亲避乱村。
小镇风雨六百年,
古老文明展神韵。

将乐（二首）

（2018年10月10日）

其一

九山半水半分田,
金溪银波映蓝天。
清新山城满眼绿,
玉华洞里乐神仙。

其二

古闽越人三千年,
土沃民乐文史绵。
闽儒鼻祖杨时公,
程门立雪佳话传。

将乐高塘镇常口村农家喝擂茶

（2018 年 10 月 10 日）

近午访农家，主人奉擂茶。
汤色淡乳白，香气如兰花。
一饮沁脾胃，二饮除疲乏。
客家人好客，即擂茶芝麻。

媒体报道港珠澳大桥开通有感

（2018 年 10 月 23 日）

巨龙飞腾港珠澳，
气贯长虹天际遥。
横越沧海千百年，
华夏奇迹世人骄。

环卫工人节赞环卫工人

——第 23 个环卫工人节环卫工人走进省人大机关活动有感

（2018 年 10 月 26 日）

一把扫帚挥雨汗，
一身戎装泗渍盐。
灰帽遮面十指黑，
满脸沧桑双手茧。
早起晚归孺子牛，
无畏酷暑与严寒。

城市美容工程师，
马路天使佳名传。

陪人大代表夜游闽江观榕城夜景

（2018年11月8日）

一江银波缓东流，
两岸流光映彩楼。
凭栏放眼榕城夜，
五彩斑斓万花州。

有感岩石缝中生长榕树

（2018年11月9日）

破岩而出艰难生，
苦寻隙缝根扎针。
不求幸运奢沃土，
唯有奋争抗天命。
人生若无好境地，
不妨学做榕树人。

观龙岩江山镇睡美人

（2018年12月1日）

天生丽质睡美人，
眉目清秀体丰盈。

不是女王非皇后,
拥坐江山万年青。

庆祝改革开放 40 年
（2018 年 12 月 18 日）

三中全会发新篇,
曙光跃出地平线。
神州大地响春雷,
复兴气象势万千。
砥砺奋进破坚冰,
惊涛骇浪不畏难。
天南海北秋华实,
东山西水春满园。
贫穷羸弱消失尽,
国富民强天下安。
一国两制统大业,
两岸三地同景愿。
登高望远向全球,
世界舞台巨龙盘。
波澜壮阔四十年,
气势恢宏展画卷。
旗帜引领新时代,
策马扬鞭再向前。

致敬，百名改革先锋

（2018年12月19日）

勇立潮头闯险滩，
悬崖奇峰敢登攀。
誓破藩篱啃硬骨，
锐意创新求实践。
矢志不渝终不悔，
引领时代永直前。
民族脊梁中华魂，
功勋英名云霄间。

赞哑语老师

——随领导去福州聋哑学校慰问三十年教龄老师

（2019年1月8日）

无声世界划音符，
美轮美奂手语舞。
开启聋哑心灵智，
坚守爱心不畏苦。

大年初一与朋友游南普陀寺

（2019年2月5日）

数万游客朝圣殿，
新年祈福佑平安。

前呼后拥客云集,
左顾右盼怕失联。
参访佛院会方丈,
茶泡止观话禅源。
法师赐福赠香囊,
素餐归来心豁然。

游厦门翔安澳头小镇
（2019年2月6日）

红砖古厝连成屏,
三步一景绿郁荫。
昔日破旧农家庄,
今朝靓丽焕然新。
闽侨文史相汇聚,
三海一侨响誉名。
文创基地艺术园,
特色小镇澳头情。

大年初三赴三平寺遇塞车成龙
（2019年2月7日）

十里车龙摆鸿阵,
一心候拜恪虔诚。
艳阳高照过午后,
饥渴不顾任前行。
不是香客非信徒,

忍性耐烦净灵魂。
不辞辛劳乞福安,
心中有佛自泰宁。

游平和三平寺

（2019年2月7日）

千年古刹出晚唐,
义中教民稼耕桑。
医高德厚救百姓,
慈悲济世庇四方。
有求必应信徒众,
无僧寺庙香火旺。
佛教圣地仙家界,
广济大师名远扬。

注：（1）义中，即义中大师，被称作"三平祖师公"。（2）广济大师，唐宣宗皇帝敕封义中为"广济大师"。

一代国学大师林语堂
——参观平和林语堂文学馆

（2019年2月7日）

东西文化融贯通,
世界文章译从容。
著作等身天下名,
众人评说各不同。

正月初四与同事在其莆田家过大年

（2019年2月8日）

楼上楼下人欣欢，
院内院外出新颜。
张灯结彩堂上明，
满桌佳肴斗酒酣。
万头炮竹响云间，
五彩烟花亮半天。
不是除夕辞旧岁，
兴化初四过大年。

潮江楼

——随省人大两级党组赴马尾潮江楼廉政教育基地参观

（2019年2月12日）

老街深处潮江口，
九秩兴衰始风流。
笑迎商贾三江客，
品茗谈聊一茶楼。
马江会议国共合，
北伐入闽军阀收。
荷波品重柱石坚，
志承先烈业千秋。

妈　祖
——陪同在闽全国人大代表视察湄洲岛
（2019 年 2 月 14 日）

仕宦之女羽化仙，
行善济难佑平安。
四朝皇帝多敕封，
千年民众奉祀天。

湄洲岛
（2019 年 2 月 14 日）

水天一色神女岛，
亿万信众共祖庙。
南国蓬莱东麦加，
妈祖精魂千年潮。

莆田木兰陂
（2019 年 2 月 14 日）

雄陂卧波澜，拒海潮逆转。
截流拦洪魔，分渠灌良田。
救灾除水患，造福兴化湾。
千年古工程，齐名都江堰。

玉兰落花感

（2019年2月19日）

飘零落地化尘圾，
不作鲜花作新泥。
甘为根本添撮土，
万物生息自更替。

雷锋日里说雷锋

（2019年3月5日）

雷锋日里说雷锋，
平凡名字越时空。
半个世纪悄然逝，
不朽精神贯长虹。
人生不在长与短，
淡默奉献亦杰雄。

人民大会堂福建厅观武夷山水画

（2019年3月6日）

山水移进大会堂，
绿映厅宇满春光。
霸王峰立王者范，
玉女娇俏九曲畅。
元首常会五洲客，

武夷盛名四海扬。
若是画景生窗外,
京畿不再雾霾荒。

逛北京八大胡同
（2019 年 3 月 8 日）

八大胡同风月场,
烟花怡红柳街巷。
清末金花几盛开,
民初凤仙爱更狂。
京剧发祥徽班红,
梨园花怒艳四方。
昔日风流今不见,
徜徉古巷犹可想。

北京前门大街
（2019 年 3 月 8 日）

往日御道皇家村,
居中坐望天安门。
复古楼牌西来风,
铛铛电车穿梭行。
民族文化大观园,
老字名号誉京城。
街区洁净环境靓,
国都繁华第一景。

卢沟桥

(2019年3月11日)

八百多年几重生,
古老石桥世闻名。
马可波罗东游赞,
康乾立碑贺传承。
一天三月旷世景,
百状石狮数不清。
事变突发烽烟起,
坚挺脊梁浩气存。

宛平城

(2019年3月11日)

华北卫城桥头堡,
防御闯王筑城池。
南来北往商旅地,
东西两门护京师。
倭寇挑衅起事端,
民族抗争第一帜。
古老墙垣满弹坑,
最为悲壮入青史。

泰宁（二首）

(2019年4月2日)

其一

丹霞地貌出奇谷，
森绿天成映瀑布。
山川神异水灵秀，
闽上明珠大金湖。

其二

石器时代刀火耕，
汉唐古镇宋名城。
人杰地灵书生多，
哲宗赐县名泰宁。

观尚书第说李尚书

(2019年4月3日)

大器晚成苦求索，
青云直上登殿阁。
急流勇退赐孝恬，
忠奸功过难评说。

清晨参观大别山艺术馆兰花展及兰花市场

（2019年4月6日）

空谷仙子聚满堂，
千姿百态竞艳芳。
高洁典雅含羞笑，
沁润肺腑清幽香。
出身山野少稀有，
生之闺阁金嫁裳。
寻常人家平常养，
娇贵难嫁好儿郎。

再拜主席园

（2019年4月9日）

清明时节拜毛公，
手捧鲜花心潮涌。
斯人已逝几十年，
九洲遍地尚信崇。
乾坤轮转新时代，
旋舞归依老传统。
永葆本质不变色，
社稷久固向阳宗。

在龙岩古田吃红米饭南瓜汤所想

(2019年4月9日)

红米饭，南瓜汤，
工农红军当主粮，
糙米寡汤也不饱，
艰苦卓绝打豺狼。
新时代，奔小康，
优良传统勿能忘。
开启伟业新长征，
民族复兴圆梦想。

忆儿时家乡小河

——参加省人大水污染防治法执法检查组全体会议有感

(2019年4月16日)

两面青山大长峡，
一河碧水游鱼虾。
深潭清澈照人影，
浅滩老鳖晒黄沙。
村姑吟歌锤衣裳，
少年赤裸泳盛夏。
岸边杨柳轻轻拂，
年年如是水哗哗。

历史文化名城建瓯

（2019 年 4 月 22 日）

八闽首府自建安，

立县一千八百年。

历史文化古名城，

千名进士六状元。

东南伟观夫子庙，

佛教圣地光孝禅。

福州建州同为府，

福建省名由此缘。

千年古镇洋口（二首）

（2019 年 4 月 23 日）

其一

千年古镇小洋口，

富屯溪岸老渡头。

百帆竞流商贾忙，

繁华人称小福州。

其二

工农武装闹翻身，

东方军来兴革命。

红色政权旗高扬，

横刀立马彭将军！

参观闽东工农红军独立师整编地宁德九都桃花溪

（2019年4月25日）

桃花溪流水潺潺，
哺育青松孕新生。
创建红军独立师，
灭匪打狗闹翻身。
深山游击反围剿，
红旗不倒铁骨铮。
倭寇逞凶烽烟起，
整饬改编新四军。
北上抗日出奇功，
沙家浜里威风凛。

注：独立师整编为新四军第三支队第六团，沙家浜戏的原型。

福安畲族代表之家听畲族姑娘唱敬茶歌

（2019年4月26日）

身着盛装喜盈盈，
歌声甜美寄深情。
双手奉茶敬客郎，
幸福安康伴随行。

参观福安溪柄镇斗面村中共闽东特委机关旧址

（2019年4月26日）

闽东革命大摇篮，
南方苏区小延安。
二十三年旗不倒，
一叶枫红映满山。

注：一叶即叶飞将军。

郑虎臣
——调研福安溪柄镇榕头村观郑虎臣雕像

（2019年4月26日）

义勇复仇平国愤，
挥剑怒杀大奸臣。
替天行道身虽死，
木棉花红千古名。

注：1275年郑虎臣押解大奸臣贾似道在漳州木棉庵将其诛杀。

湖南第一师范学院

(2019年5月1日)

千载学府遗风盛,
百年师范立典型。
策动开辟新文化,
哺育英才孕伟人。
杰出青年来韶山,
求学任教八冬春。
建党建团搞工运,
宏图大志滋润生。

注：毛泽东同志曾在湖南第一师范学院学习工作八年。

登长沙天心阁

(2019年5月1日)

天心阁上浮彩云,
满目尽收长沙城。
平眺南岳七十二,
心遥八百里洞庭。

注：南岳有七十二山峰。

阴雨天登南岳祝融峰

（2019年5月2日）

乘车攀跃数山顶，
奇弯盘旋倾斜身。
峰巅峻极天穹低，
殿宇凌风入云层。
俯瞰群山如海浪，
仰视天际紫宫廷。
回望薄雾隐峰尖，
衡山之首不虚名。

爱晚亭

（2019年5月3日）

岳麓山下清风峡，
枫叶红于二月花。
红叶爱枫落凡俗，
杜牧诗情名遐迩。

注：爱晚亭原名红叶亭、爱枫亭。

香港星光大道

(2019年5月6日)

海滨大道闪星光,
港影星烁一长廊。
横栏深凹留手印,
五角星刻拼头像。
紫铜雕塑两巨星,
栩栩如生神势张。
龙争虎斗李小龙,
歌后影后梅艳芳。

傍晚漫步香港海滨长廊

(2019年5月6日)

细雨飘飒风和畅,
海湾碧透波荡漾。
遥望对岸楼林立,
阅赏港星廊上榜。
耳闻游艇乐笛声,
看醉维多利亚港。

重访香港感

(2019年5月7日)

二十五年重访港,
两种心境两个样。

昔日米旗英租界，
满街随处见女王。
今天一国两制区，
五星红旗高飘扬。
脚踏中华大地上，
祖国骄傲我荣光。

永远盛开的紫荆花
——观香港金紫荆广场国务院贺香港回归赠雕塑
（2019年5月8日）

紫荆盛开香江畔，
长江黄河共育繁。
根连神州大中华，
花红叶茂万万年。

夜游香港太平山遗憾
（2019年5月9日）

深夜乘的游太平，
欲登顶峰揽市景。
不料浓雾弥满山，
只见云海不见城。

由香港过港珠澳大桥

（2019 年 5 月 10 日）

跃上长龙入龙宫，
钻出海底观彩虹。
腾云驾雾游海上，
蓦然回神大桥中。

盛世莲花
——观澳门国务院贺澳门回归赠"盛世莲花"雕塑

（2019 年 5 月 10 日）

盛世莲花开盛世，
盛世年华胜葡氏。
莲花年年盛世开，
莲开花红永不败。

澳门塔观女生 233 米蹦极跳

（2019 年 5 月 11 日）

嫦娥飞天下，英姿映彩霞。
巾帼凌云志，雄起大中华。

澳门塔上观澳门珠海

（2019 年 5 月 11 日）

一眼观两制，两地无差次。
四十年赶超，二十载同是。

赴厦门乘动车座位背朝前所感

（2019 年 5 月 14 日）

倒行逆施违本心，
人生有时难宜称。
只要胸中方向明，
管它前行是逆行。

晨练厦门海滨大道

（2019 年 5 月 15 日）

绿道幽然花相邻，
金色沙滩踏足印。
清风徐徐海鸟飞，
大海无垠闻涛声。
五里万步不知累，
马赛群英伴君行。
顿足遥望东海岸，
一国两制在我心。

清晨大雾厦门看海

(2019年5月16日)

汪洋大海缥缈影,
金沙海滩覆烟云。
隐见礁上钓鱼翁,
海鸟轻飞和涛鸣。

老英雄张富清

(2019年5月27日)

尘封功勋不慕名,
坚守初心乐人生。
英雄无言撼天地,
九死一生泣鬼神。
荣华官禄云过眼,
淡泊名利甘清贫。
终身奉献赤诚心,
铮铮铁骨民族魂。

忆儿时的乐

(2019年6月1日)

泥巴台桌打乒乓,
房前屋后捉迷藏。
赤脚下河摸鱼虾,

牧羊上山卧花香。
一根皮绳跳半日，
七粒石子摆战场。
单腿独蹦猛斗鸡，
倒立空翻弄双杠。
围圈表演丢手绢，
常过家家扮新郎。
脚绑长棍踩高跷，
腰别自制木头枪。
寒冬腊月堆雪人，
夏日炎炎戏水塘。
长鞭一挥抽陀螺，
短炳弹弓怀里装。
屏声静气门罗雀，
老鹰抓鸡叫疯狂。
课间操场滚铁环，
打球只抢不投筐。
树枝画地跳方格，
田野风筝放鸳鸯。
爱不释手小人书，
蛋壳灯笼萤火亮。
纸叠飞机一摞摞，
露天电影闹嚷嚷。
爬墙上树掏鸟窝，
骑牛高歌逐夕阳。

永春普济寺
(2019年6月7日)

五代兴盛千载生,
一代宗师年半春。
深山幽谷出佛经,
普度济世最有名。

注：(1) 普济寺五代时始建。(2) 弘一法师住寺18个月撰著佛经。

再读《乡愁》
——参观永春余光中文学馆
(2019年6月8日)

一首乡愁寄深情,
故土魂牵游子心。
浅浅海峡隔不断,
两岸终归一家亲。

永春东关古桥
(2019年6月8日)

栉风沐雨八百秋,
闽南罕见廊桥楼。
睡木沉基堪奇迹,
湖洋溪上通仙游。

参观延安南泥湾展览

（2019 年 6 月 10 日）

困苦饥寒不畏难，
锄头钢枪理荒滩。
军垦屯田大生产，
男女老少齐参战。
危难之中求生存，
艰苦卓绝图发展。
黄土高坡烂泥湾，
丰衣足食赛江南。

延安宝塔山

（2019 年 6 月 11 日）

巍巍宝塔浮祥云，
千年庇护延安城。
神州烽火狼烟起，
四万万人定神针。
团结抗战方向标，
民族解放启明星。
一时圣地名遐迩，
永世敬仰民族魂。

延安八路军总司令部旧址王家坪

（2019年6月12日）

八面威风八路军，
统帅稳坐王家坪。
八年鏖战大胜利，
军令出自小山村。

游延安清凉山

（2019年6月12日）

红军落脚陕甘边，
枪杆笔杆二面山。
浴血奋战十三年，
文助枪杆出政权。

延安杨家岭

（2019年6月12日）

陕北小山村，中外大闻名。
七大立思想，一致拥核心。
全党整作风，马列主义真。
文艺座谈会，服务工农兵。
简餐待侨领，海外赢好声。
窑洞对炎培，周期律破警。

石桌会安娜,纸老虎莫逞。
大生产运动,党政军民亲。

延安枣园

（2019 年 6 月 13 日）

抗战胜利入枣园,
企盼统一早团圆。
岂料老蒋挑内战,
联合政府化尘烟。
明知前方有艰险,
毅然赴渝去谈判。
双十协定现曙光,
民族大业勇承担。

张思德

（2019 年 6 月 13 日）

人生意义不在官,
扛枪十年还烧炭。
为民之死重泰山,
毛公哀悼致名篇。

参观毛主席延安凤凰山窑洞感

(2019年6月14日)

窑洞出马列，油灯著名篇。
三论理深邃，哲学家汗颜。
正义有真理，邪恶无天缘。
矛盾又统一，实践第一观。

注：三论，即在延安凤凰山窑洞毛泽东写下了《实践论》《矛盾论》及《论持久战》。

在延安凤凰山听老师讲白求恩

(2019年6月14日)

理想信念无国界，
人生追求有不同。
不远万里来中国，
共产主义信仰忠。
精益求精传技艺，
临危把刀前线中。
救死扶伤视天职，
毫不利己唯有公。
两个极端为人民，
一腔热血盈满胸。
以身殉职勇牺牲，
伟大精神贯长虹。

陈嘉庚（二首）
——参观厦大校史馆

（2019年6月19日）

其一
教育救国立根本，
集资办学赤子心。
启迪民智救危难，
倾家荡产为国兴。

其二
心系祖国爱黎民，
资援抗战募捐赠。
诚毅德望誉九州，
华侨旗帜民族魂。

泉州迎宾馆桃源古庙前大肚弥勒佛

（2019年6月24日）

端坐憨笑乐呵呵，
大肚能纳万顷波。
长耳不闻凡尘事，
小眼一眯是非过。

黄昏逛北京后海及烟袋斜街

（2019 年 7 月 1 日）

两岸喧喧万家灯，
夏风微拂杨柳青。
南来北往人熙攘，
皇城根儿醉黄昏。

从全国人大会议中心
跑步去长安街晨练

（2019 年 7 月 2 日）

晨练长安街，凝望天安门。
旭日冉冉起，五星红旗升。
全民体能健，国强威势盛。
东方腾巨龙，自豪中国人。

再去北京后海看荷花

（2019 年 7 月 2 日）

婷婷玉立舞裙开，
翠绿掩映红灯彩。
清风习习泛微波，
荷叶花朵神韵来。

雨后漫步顺昌富屯溪畔

(2019年7月6日)

一江橙黄缓缓流,
满山滴翠白云悠。
群鸟低飞亲水鸣,
漫步绿道荡轻舟。

忆当年农村插秧

——在顺昌观机械化插秧有感

(2019年7月6日)

左手把秧右手栽,
弯腰低头泥中踩。
背朝骄阳水蒸面,
汗和泥浆淌下来。
一亩山田插半天,
腰酸背痛不能抬。
疲累歇息直身看,
欣慰青苗一排排。

晚逛顺昌城市步道

(2019年7月7日)

溪畔步道十里长,
大河绿带傍两旁。

彩虹隧道霓灯闪,
明月鹊桥悬中央。
临岸亲水观溪流,
时闻列车笛声扬。
小城生活多惬意,
健身漫步纳晚凉。

千载神猴出顺昌
(2019年7月7日)

大圣祖地不为诳,
两块墓碑现故乡。
先于游记二百年,
千载神猴出顺昌。

晨练福州冶山春秋园感（二首）
(2019年7月14日)

其一
山虽不高史有名,
闽人先祖出冶城。
欧氏铸剑起苍生,
两千春秋蕴榕根。

其二
有亭望海无海域,
无水泉山有九曲。

古树参天荫石刻,
今朝神游考史迹。

廖俊波
——在武夷新区参观弘扬廖俊波精神图片展
（2019 年 8 月 3 日）

樵夫砍柴为大家,
背石上山不怕压。
两袖清风风骨爽,
一身正气气永华。

建阳麻沙镇水南村
（2019 年 8 月 3 日）

三山一水润古邑,
万株楠木祖千禧。
人杰地灵群贤至,
会文书院遇朱熹。

武夷山五夫镇谒拜朱熹巨型雕像
（2019 年 8 月 3 日）

半百五夫成理学,
一代宗师居山岳。
背后著述堆半身,
朱子文化深高绝。

武夷山五夫镇万亩荷花

(2019年8月3日)

人说武夷山水美,
更有五夫荷花红。
万亩莲田接云天,
娇俏妖娆艳山冲。

晨练观北戴河东山旅游码头

(2019年8月14日)

晨曦未露人如潮,
涛声阵阵浪打礁。
海天一色蓬莱境,
游客蜂拥寻仙号。
始皇拜海求灵丹,
千古神话抿一笑。
海上观光看日出,
休闲旅游尽逍遥。

天下第一关山海关

(2019年8月14日)

万里长城第一关,
千年防御起天堑。

而今内外硝烟尽，
华夏最美风景线。

秦皇岛古城钟鼓楼

（2019 年 8 月 14 日）

钟楼鼓楼楼上楼，
晨钟暮鼓立左右。
四孔穿心通八方，
三体合一名千秋。

傍晚游北戴河老虎石海上公园

（2019 年 8 月 15 日）

群虎盘踞众相生，
浪起千层听虎吟。
眺望无垠咆哮海，
书生淳淡亦豪情。

观北戴河秦行宫遗址

（2019 年 8 月 15 日）

始皇东巡建国门，
六国亡统同子孙。
沧海竭石依旧在，
功过是非千年争。

历史文化遗产保护

——全省加强文化和自然遗产保护利用工作会议有感

(2019年8月29日)

名城名街名镇村,
古桥古道古树井。
遗址遗迹智慧魂,
历史风貌冠八闽。
休闲旅游鉴古今,
活化传承资育人。
华夏精髓世文明,
伟大梦想必自信。

厦门松柏公园

(2019年9月2日)

松柏公园无松柏,
榕树成林荫满园。
凤凰花红映湖水,
椰子直傲擎蓝天。

最美老师
——参加福建省第二届最美老师寻访活动发布仪式并颁奖
（2019年9月6日）

最美不在容貌，
贵在为人师表。
教书育人培德，
开启大千秘奥。
塑造新人新智，
传播真理真要。
不畏辛劳困苦，
赢得天下李桃。

贺机关篮球队参赛金辉杯首战告捷
（2019年9月7日）

球队出赛金辉杯，
意气风发志坚锐。
老将出马一顶俩，
新生牛犊逞虎威。
前中锋勇抢篮板，
后卫控球速传位。
集体荣耀不抢功，
精诚协作好团队。

中秋夜抒怀

(2019年9月13日)

月到中秋自然圆,
人活花甲心更淡。
并非世事已看破,
船到码头车到站。
转身又春新起点,
不羡钱财不求官。
夏日灿烂秋阳红,
更喜耳顺似盛年。

让梦想翱翔

——在三明第十中学晨练读该校校歌

(2019年9月22日)

青春梦想好阳光,
照亮人生始起航。
小鸟胸怀鸿鹄志,
大鹏展翅逐太阳。
探索奋进立自信,
修行强体育思想。
放飞梦想任翱翔,
必成大器国栋梁。

观省人大系统国庆 70 周年书画展
（2019 年 9 月 23 日）

龙飞凤舞颂中华，
山水花草依农家。
华夏儿女多俊俏，
太平盛世最美画。

致敬英雄
——有感于表彰国家勋章和国家荣誉称号获得者
（2019 年 9 月 29 日）

最高荣誉奖英雄，
辉煌成就贯长虹。
人民信仰国希望，
伟大梦想时代风。

观福建省闽港澳台四地国庆联欢会
（2019 年 9 月 29 日）

两岸四地一家亲，
闽港澳台一条根。
同台同歌颂祖国，
同根同祖中华魂。

壮丽七十年

（2019年9月30日）

雄狮怒吼惊世界，
东方巨龙腾空绝。
不屈民族突崛起，
伟大复兴志壮烈。
一穷二白建巨厦，
华夏道路走特色。
辉煌成就世罕见，
波澜壮阔勇飞跃。

两弹一星创奇迹，
神舟飞船可揽月。
天空二号驻太空，
天眼宇宙外星阅。
蛟龙探海五千米，
航母大洋纵横越。
港珠澳桥舞海龙，
大江南北驰高铁。

全面小康已实现，
国力强盛位前列。
港澳回归雪耻辱，
两岸互通共和谐。
钢铁长城国防固，
民族融合大团结。
文化兴盛百花开，

姹紫嫣红漫山岳。

山水灵秀生态美,
城乡容貌换新色。
一带一路传友谊,
世界舞台勇担责。
风清气正乾坤朗,
国泰民安多净洁。
硕果累累七十载,
宏图大略千秋业。

观榕城国庆焰火晚会
（2019 年 9 月 30 日）

夜空绽放绚丽花,
串串火焰漫天涯。
五彩缤纷亮世界,
团团红艳耀中华。

傍晚游厦门云顶岩
（2019 年 10 月 2 日）

鹭岛登高峰,一揽山海园。
金门收眼底,二担睹眼前。
鸢鹭盘旋飞,微浪荡浮帆。
厦金如此娇,咫尺两重天。

观鼓浪屿建筑

（2019年10月3日）

千座别墅矗百年，
万国建筑博物馆。
幽静别致隐树丛，
小巧玲珑坐满山。
欧陆派式闽粤风，
中西合璧多奇观。
异域风情仍潮流，
古典园林赛江南。

南靖云水谣

（2019年10月4日）

古道悠悠千年韵，
百年老街秋风吟。
高榕树群偎土楼，
流水潺潺一河情。

登南非开普敦桌山

（2019年10月9日）

环顾大西洋，眺看好望角。
海湾收眼底，开市呈全貌。
顶峰展长桌，怪石嶙峋巧。

仙女翩翩舞，宝剑亮出鞘。
植被密茂盛，四处转悠鸟。
狒狒狸猫逛，鼠豚岩兔跳。
头顶蔚蓝天，白云身边绕。
人在山上走，犹如天空飘。

观海豹

（2019 年 10 月 10 日）

乘船出海观海豹，
风大浪急难靠岛。
隐见黑虫一条条，
原是海豹爬满礁。
返航偶尔见几只，
伏爬渔伐睡大觉。
任凭游客争拍摄，
不显豹性当懒猫。

开普敦海滩企鹅

（2019 年 10 月 10 日）

憨厚可爱一排排，
坐卧立爬好萌呆。
行走摇晃左右摆，
拍翅鸣叫唤客来。

好望角国家自然保护区

（2019 年 10 月 10 日）

遍地石头荒芜草，
只见灌木不见乔。
狒狒戏人追逐车，
驼鸟觅食路边瞧。
帝王花开簇簇黄，
朵朵锦带红艳妖。
层层峦峦满眼绿，
南非美景最娇好。

好望角观海

（2019 年 10 月 10 日）

两洋交汇雾漫天，
茫茫无涯天际线。
潮起怒吼滚滚来，
惊涛拍岸白浪翻。
蔚蓝波光摇太空，
斜阳夕照云水间。
若是踏浪远洋去，
腾云驾雾天地悬。

南非首都比勒陀利亚市印象

(2019年10月12日)

总统府座小山崖,
广场拥抱曼德拉。
纪念先民立楼馆,
满城盛开紫葳花。

南非先人纪念馆

(2019年10月12日)

黑白不同族,土洋难和睦。
种族存歧视,文化起冲突。
利益争夺战,胜者为王主。
文明血泪史,功勋为谁著?

肯尼亚纳瓦沙湖鸟的家园

(2019年10月13日)

大片沼泽水草芜,
浅水枯木干朽株。
鱼鹰栖枝待捕捉,
鸬鹚群巢合花树。
秃鹤秃鹫争残食,
鹈鹕游弋盘旋胡。
白鹭横飞一线天,
鸳鸯悠然亲昵浮。

内罗毕大象孤儿院所思

(2019年10月14日)

孤儿犹可怜,动物同悲惨。
天灾加人祸,孑身生存难。
万物有定律,自然生态观。
人间存疾苦,拯救理当先。

内罗毕长颈鹿公园亲近长颈鹿

(2019年10月14日)

腿高颈长一层楼,
头小眼大两耳秀。
温顺憨厚好呆萌,
亲近抚摸任客游。
指送饲料用舌舔,
黏黏口水湿一手。
若是嘴巴衔食喂,
轻轻一吻也含羞。
人与动物如此亲,
自然和谐万千秋。

参观肯尼亚国家博物馆内罗毕馆
(2019 年 10 月 15 日)

远古化石活祖先，
三百万年类人猿。
神秘非洲万象生，
人类生命一摇篮。

埃及金字塔
(2019 年 10 月 16 日)

世界奇迹宇宙迷，
人类杰作已无疑。
若问谜底何所在？
五千年前坟墓里。

埃及人面狮身像
(2019 年 10 月 16 日)

法老薨去以重生，
神圣法权不可侵。
生前死后太阳神，
人面狮身守天门。

参观埃及国家博物馆

（2019 年 10 月 17 日）

灿烂文化五千年，
世界文明埃及先。
人类智慧哪里见？
石人石兽木乃伊。

夜游尼罗河

（2019 年 10 月 17 日）

豪艇缓缓泛碧波，
月映两岸万家火。
爵士音乐东巴鼓，
北非风情一长河。
美女妩媚抖肚皮，
苏菲舞男旋陀螺。
悄立船头放眼望，
五彩斑斓夜开罗。

福州鳌峰坊

(2019 年 11 月 11 日)

鳌峰坊居九仙山,
人杰地灵文气鲜。
达官贤士何其多,
一巷同族两状元。
科普先驱出于此,
林公就读来书院。
三山养秀文教盛,
程朱理学三百年。

福州烟台山

(2019 年 11 月 11 日)

北眺三山南五虎,
东瞰闽江西水乌。
顶上烽火防倭寇,
山下水中泛船浦。
五口通商百业兴,
万国建筑一到处。
昔日繁华依旧在,
今朝风貌展新楚。

登于山状元峰
（2019 年 11 月 11 日）

于山似鳌又九仙，
陈氏苦读中状元。
顶峰景胜诱学子，
独占鳌头祈鸿愿。

谒于山戚公祠
（2019 年 11 月 11 日）

率兵援闽抗倭狼，
三战三捷威震疆。
平远庆功醉卧石，
于山建祠祀南塘。

参加第五届海峡两岸（顺昌）齐天大圣文化交流活动
（2019 年 11 月 29 日）

祖地祖身祖庙堂，
圣山圣水圣猴乡。
顺风顺潮顺昌盛，
西游文化源流长。

古田会议九十周年
（2019年12月28日）

山村祠堂燃火焰，
炉火纯青正本源。
倚天长剑耀世出，
滚滚铁流涌向前。
马列真理铸剑魂，
坚实堡垒筑在连。
九十风雨砺精锐，
钢铁长城稳如山。

西湖一景
——晨练过西湖白马河连接处澄心亭
（2020年1月4日）

城中桥上听涛声，
疑是身临大海滨。
停步环视猛回神，
一汪湖水闸下奔。

春节慰问老干部遗属 104 岁老太太徐月明

（2020 年 1 月 16 日）

百年风雨历沧桑，
鹤发童颜尽慈祥。
自撑轮椅满屋转，
又送福橘又送糖。
失夫独守半世纪，
德劭品高教儿郎。
四世同堂老太君，
三生有幸心景仰。

除夕前夜吃年饭

（2020 年 1 月 23 日）

老婆回皖陪双亲，
儿携媳孙拜岳门。
提前一晚共除夕，
慰藉老夫团圆心。
满桌菜肴亲自烹，
举杯畅饮酒香冰。
幼孙高歌童稚舞，
阖家欢乐满堂春。

大年初一独居家中忆儿时过年

（2020年1月25日）

寒冬腊月休闲天，
杀猪宰羊庆丰年。
家家户户办年货，
村村寨寨人声欢。
碾米磨粉做年糕，
自打豆腐扯挂面。
二十三日先祭灶，
祈祷灶爷保平安。
母亲忙碌裁新衣，
老爹挥毫写春联。
除夕清晨早早起，
擦洗房间扫庭院。
大红新桃换旧符，
中堂贡桌添蜡盏。
应有尽有端上来，
热锅冷菜堆满盘。
鞭炮声声除旧岁，
打钱烧纸拜祖先。
一壶老酒热乎乎，
三杯过后涨红脸。
熬夜守岁烤火垅，
磕头长辈赐赏钱。
雄鸡一叫东方亮，
人增新寿又一年。

难忘的元宵节夜

（2020 年 2 月 8 日）

阴云遮圆月，稀疏爆竹声。
街区幽闲静，巷口无人影。
商市几寥落，宛若一空城。
亲朋畏团聚，宅家避瘟神。
家家闭门户，楼楼皆寂宁。
守规不添乱，众志抗疫情。
贺节道平安，祈福聊微信。
笑等恶魔灭，举杯再欢饮。

春分翌日逛屏山公园

（2020 年 3 月 21 日）

春分三月好风光，
暖风和煦百花香。
昔日踏青遍游人，
今朝闲清罕荒凉。
镇海楼上悄无声，
湖边柳下散鸳鸯。
新冠无情老法海，
有情人难诉衷肠。

赞太阳花

——顺昌县洋口镇解建村观扶贫开发项目太阳花基地

（2020年3月24日）

朵朵娇艳向朝阳，

姹紫嫣红五彩妆。

热情豪放多华妍，

不畏风雨傲自强。

阴云坚毅不低头，

骄阳怒绽英姿爽。

春风微拂齐动情，

山村花海遍地香。

考察尤溪九阜山自然保护区

（2020年3月31日）

两面青山翠欲滴，

一水清溪鱼浅底。

仰天一线云雾绕，

俯首两足印苔迹。

树竹花草层峦叠，

飞禽走兽随处觅。

无论疫源是与否，

保护野生势在必。

赞沙县小吃
（2020年3月31日）

小小汤罐炖全球，
拌面扁肉煮五洲。
十万农民捞世界，
沙县小吃名千秋。

庚子年清明节
（2020年4月5日）

疫疾路难行，遥祭过清明。
先哀悼烈士，再思爹娘亲。
有国才无忧，无情胜有情。
国泰民安好，欣慰告祖灵。

再次参观东山谷文昌纪念馆
（2020年4月22日）

复又拜谷公，再考锻初心。
不畏枪林死，誓为大众生。
上战秃头山，下治飞沙林。
入仕一心忠，出任两袖清。
宁弃家小利，从不徇私情。
功德响四方，赢得万民心。

清早晨练赞湖上保洁员

（2020年4月25日）

脚踏小船巡遍处，
手握长杆网水污。
船行身后一片镜，
满湖银光映霞曙。

五四青年节感

（2020年5月4日）

岁月催鬓霜，一瞬过花甲。
青春无建树，老来空悲遐。
少壮不努力，何以报国家。
幸逢盛世年，切莫负韶华。

访郏县友人果园

（2020年6月10日）

三犬路边吠，一哈紧相随。
客人先期到，主人尚未归。
随手摘黄杏，头碰红榴蕊。
苹果青一串，紫李惹人醉。
油桃色泽润，香瓜甜又脆。
一一细品尝，个个好美味。
池塘鱼浅游，林中鸡鸭追。

老鹅引长颈，小鸟树稍飞。
生态花果园，自然和谐美。

钧　瓷
——参观禹州神垕镇钧瓷
（2020年6月10日）

长相独一无二，肤色千变万化，
出胎一模一样，入世万千奇葩。

汝　瓷
——参观宝丰县清凉寺汝瓷遗址及博物馆
（2020年6月11日）

天青一色玛瑙釉，
皇家御用民稀有。
五大名瓷占鳌头，
汝窑为魁竞风流。

参观郏县三苏园
（2020年6月11日）

唐宋八家有其三，
三座坟茔三座山。
西山峨嵋多峻秀，
东坡挺拔傲中原。

观登封周公测景台郭守敬观星台

（2020年6月12日）

远古先贤多智鉴，
圭表测日三千年。
北极星王天中央，
天地之中位中原。
守敬观星算历法，
公历三百年生前。
春夏秋冬节气分，
世界文明我领先。

嵩阳书院"将军柏"

（2020年6月12日）

纪元两千岁，武帝封将军。
四千五百年，嵩岳古柏神。
老干如化石，新枝碧绿青。
万山之祖根，华夏民族魂。

游登封中岳庙

（2020年6月12日）

气势恢宏落天中，
古柏森森秦汉风。

群山环抱仙家寨,
道教圣地帝王封。

登封中岳庙"镇库铁人"

（2020年6月12日）

高大威武势吓人,
怒目挺胸震鬼神。
振臂握拳铁卫士,
千年坚守铸忠魂。

游郑州中牟电影小镇民国风电影街道

（2020年6月13日）

古香古色小镇口,
繁华街景老郑州。
洋酒邮局绸缎庄,
轻歌雅曲情悠悠。
长衫绅士缓缓逛,
旗袍美人款款溜。
黄包车夫拉客忙,
烟馆舞厅满街沟。
穿越时空民国风,
恍然醒悟牟中游。

长汀古城墙

（2020年7月3日）

逶迤而上卧龙山，
蜿蜒缓下洲平川。
枕山临水抱全城，
巍峨城楼瞰江岸。
十里城墙百姓灯，
千年古韵万家店。
忆想昔日小上海，
岂有如今大景观？

长汀卧龙书院

（2020年7月3日）

重振雄风留古韵，
再现宋时朗朗声。
园林景观徽派风，
亭台楼阁曲水清。
讲堂书屋龙学馆，
朱子儒门赓续生。
红色客家融一体，
宜观宜游亦宜品。

长汀国立厦门大学旧址

(2020年7月4日)

八百里路风雨云,
八年抗战苦相争。
北迁兴学救国难,
南方之强由此名。

赞朱熹"四心"读书法
——读《学习时报》2020年7月15日雷宁文章

(2020年7月21日)

静心戒贪忌浮漂,
熟读深思探学道。
虚心求义克己见,
随他本文正意瞧。
宽心气和无挂碍,
怡神悦性有情操。
精心沉潜酌疑处,
酷吏断狱细推敲。

酷暑日屏山公园晨练寻凉

(2020年7月24日)

连日高温烤火垅,
晨热不减如午中。

树静云散何处凉，
屏山健步自带风。

建欧东岳庙
（2020年7月28日）

白鹤山南麓，青谷落东岳。
晋来千七载，溪去建水越。
唐宋明清风，碧瓦朱檐斜。
道仙兴盛旺，华夏称一绝。

建瓯万木林
（2020年7月28日）

万木森林非天然，
六百年前荒芜山。
杨氏救灾不施舍，
植树换粮两相愿。
古木参天巨藤盘，
珍稀树种多罕见。
前人栽树荫后辈，
功德自在留人间。

建瓯万木林中夫妻树

（2020年7月28日）

一红一绿鸳鸯树，
紧贴紧靠相呵护。
恩爱伉俪共齐眉，
偎偎依依好羡慕。
红为樟科大叶楠，
高挺雄壮伟丈夫。
绿为朱槠小娇娘，
婀娜多姿妩媚狐。

建瓯鼓楼

（2020年7月28日）

闽国王子帝建州，
南城改扩五凤楼。
悲欣荣辱千年门，
名震闽北誉满欧。

在武夷山生态公益诉讼调研 下午东溪水库放鱼苗

（2020年7月29日）

西山斜阳照，东溪放鱼苗。
湖水清澈底，逐波白花潮。

尽情腾水起，自游兴致高。
生态和谐美，鱼跃人欢笑。

武夷山天心永乐禅寺品茶
（2020年7月29日）

名山隐古寺，古寺出好茶。
清茶供佛祖，茶佛融一家。
品茗养怡情，禅坐自升华。
人心向天心，永乐到海涯。

杜绝餐饮浪费
（2020年8月15日）

谁知盘中餐，粒粒皆辛苦。
儿时天天背，好诗吟千古。
华夏尚节俭，美德好习俗。
不知何时起，忘却粮荒芜。
吃饭讲排场，请客好摆谱。
宴席要高档，桌满面子足。
吃半扔一半，毫无可惜乎。
攀比显富贵，享乐羞朴素。
舌尖上浪费，犯罪且耻辱。
粮食年年丰，危机潜处处。
十四亿人众，饭碗不可租。
手中有余粮，心中不慌堵。
一粥一饭贵，半丝半缕珠。
人人兴节约，国盛民康富。

永泰县白云乡

（2020年8月24日）

左拐右转上白云,
青山绵亘百鸟鸣。
古朴庄寨几山坳,
神仙逍遥不出门。

永泰白云乡寨头村竹头寨的庄寨

（2020年8月24日）

上寨卧云下明官,
谷地盛开并蒂莲。
名人辈出古庄寨,
四面环田外环山。

傍晚观莆田秀屿土海湿地公园

（2020年9月1日）

古老土海起盛唐,
而今湿地换新装。
草木葱茏满眼绿,
鹭鸟栖盘群翱翔。
日暮栈道晚霞飞,
湖亭望水任汪洋。

清塘纵横两千亩，
宜人生态泽万庄。

北宋治水英雄赵四娘
——再观千年古堰木兰陂
（2020年9月2日）

木兰水患祸害深，
四娘还愿佑福民。
拦溪筑陂除险滩，
慷慨解囊十万缗。
首建不知水势恶，
坝成难抵洪峰倾。
毕尽心力付东流，
愤而投水泣鬼神。

莆田大宗伯第
（2020年9月2日）

昔日一品府，如今百姓家。
帝师不复见，后生位及他。

贺中国人民抗日战争暨世界反法西斯胜利 75 周年

（2020 年 9 月 3 日）

勠力同心抗倭侵，

四亿人民四亿兵。

不畏强暴奋起战，

宁死不屈铁骨铮。

前仆后继赴国难，

血肉之躯筑长城。

雄壮史诗鬼神泣，

伟大精神千秋存。

林则徐一生未留下一张照片

——陪全国人大监察司法委领导参观林则徐纪念馆新感二

（2020 年 9 月 16 日）

其一

一辈无照片，万众有形象。

人生留什么？誓死为国忙。

其二

宦海三十年，统兵四十万，

历官十四省，一生唯清廉。

遥祝古碑中学毕业四十五周年

（2020年9月25日）

四十五年一瞬间,
往事悠悠思万千。
同窗共读意气发,
风华正茂恰少年。
峥嵘岁月难回首,
天南海北各一边。
相见不易聚更少,
同砚之心总相连。
盛世欣逢同学会,
心潮澎湃夜难眠。
尘网羁绊不能往,
身陷榕城心在皖。
遥祝师生大团圆,
把酒放歌尽狂欢。
青春不老舞彩虹,
花甲绽放霞满天。

贺国庆中秋双节同庆

（2020年10月1日）

十一中秋同一天,
国圆家圆人团圆。
天上银盘嫦娥舞,
地下红旗齐招展。

心中有国国强盛，
心中有家家更暖。
双节同庆神州乐，
家国同心人尽欢。

莆田平海镇傍晚踏礁石观海

（2020年10月1日）

漫步沙滩踏礁石，
瞭望平海观落日。
渔妇叮铛敲海蛎，
艇归晚唱黄昏时。

莆田南日岛九重山

（2020年10月2日）

山岭逶迤叠九重，
海上南日卧巨龙。
扼喉要塞兵家地，
古朴礁屿千年风。
一代名将抗倭寇，
两岸对峙备武攻。
碉堡战壕今犹在，
依稀可闻昨炮隆。

莆田南日岛月牙弯沙滩

（2020年10月2日）

夕阳西下半天红，
彩霞万道映海中。
蔚蓝涛声随浪起，
金色月牙落海东。

咏莆田南日岛皇帝山

（2020年10月3日）

皇帝山名不足夸，
半壁江山堆黄沙。
没有宫殿不用拜，
一撬滑到山脚下。

游德化九仙山

（2020年10月4日）

盘山拜九仙，直上云霄间。
九十九仙洞，弥勒主中殿。
蓬莱真灵气，察云观测天。
净土空门去，归来也神仙。

夜逛德化瓷都广场

（2020年10月4日）

世界瓷都不虚张，
名品佳作满广场。
渡海观音展魅力，
德化瓷白五洲扬。

雨雾天游德化石牛山

（2020年10月5日）

千米高空凭揽游，
细雨蒙蒙看石牛。
主峰观日不见影，
云涛滚滚雾悠悠。
天空心上瞰河山，
万丈沟壑脚下走。
飞天瀑布泻千尺，
誉称华东第一流。

游五虎山

（2020年10月6日）

五虎背上望福州，
三山两塔尽眼收。
千年古城全景画，
天人合一巧绘就。

赞"洋林精神"

——听机关学习"洋林精神"宣讲会

（2020年10月10日）

一棵杉木一颗心，

大山深处写人生。

坚苦坚守六十年，

赤诚赤胆筑精神。

无怨无悔作奉献，

无私无我秉忠诚。

参天大树青山育，

国之栋梁磨砺成。

看电影《夺冠》赞中国女排精神

（2020年10月19日）

一冠破天惊，五冠振国人。

蓄势再奋起，十捷五洲名。

永不言弃败，铭记中国心。

百分之一胜，百分之百拼。

摔打遍体伤，魔鬼训练成。

不畏强手攻，不惧苦累疼。

女排好精神，中华民族魂。

傍晚观福州牛岗山公园粉黛乱子草

(2020年10月20日)

晚霞斜阳乱子草,
紫雾粉黛竞妖娆。
深秋花红人亦俏,
游客弄姿摆拍照。

鼓浪屿上见十几对新婚夫妇拍婚纱照

(2020年10月22日)

福音堂前俏鸳鸯,
木棉花下又一双。
新娘挽郎古巷口,
郎搂娇妻依凤凰。
红裙飘逸皓月园,
白纱映衬老红墙。
美哉艳遇鼓浪屿,
靓哉新人披盛装。

厦门筼筜书院

(2020年10月23日)

筼筜湖畔别墅院,
翠竹掩映厝闽南。
一反传统弃旧学,

百年变革开新篇。
主讲堂上论国学,
赢得学子众万千。
名儒大师谈古今,
华夏文脉连两岸。
中俄首脑金砖会,
声名鹊起史无前。

九九重阳节夜晚上鲤鱼洲宾馆廊桥(二首)

(2020年10月25日)

其一

菊红酒后上廊桥,
月半星稀江水涛。
星辰永古水长流,
年年重阳不知老。

其二

重游廊桥思万千,
当年桥成修志篇。
二十春秋匆匆过,
廊桥依旧鬓已斑。

乘绿皮火车赴松溪感

（2020 年 10 月 26 日）

轰隆轰隆久未听，
绿色长龙犹可亲。
当年求学南北往，
乐怨交至漫心情。
千里长途两日程，
一路风尘一路停。
夏热冬寒常误点，
停站错车等耐心。
座位卧铺稀缺少，
站立席地更常情。
小贩推车喧哗闹，
脏乱嘈杂挤死人。
如今高铁行天下，
舒适快捷悠哉行。

在松溪拜望 89 岁抗美援朝老兵巫传寿

（2020 年 10 月 26 日）

崇敬拜老兵，感慨英雄情。
巧打细菌战，赫赫大功臣。
功高不自傲，默默守初心。
人老心不老，忠诚贯平生。

松溪万前村百年蔗
（2020年10月26日）

万前百年蔗，神奇千秋绝。
宿根年年发，甜糖取不竭。

飞重庆机上观大好河山
（2020年11月9日）

千山万壑云缥缈，
万水千路彩绸抛。
美丽图画天作成，
中华锦绣处处娇。

飞机上观云
（2020年11月9日）

一望无际白滔滔，
天边彩虹万里桥。
海市蜃楼宫中殿，
忽幻成峰入碧霄。

重庆的雾

（2020年11月9日）

千米之外不见楼，
百丈隐约现山头。
江水白纱连天挂，
大桥悬浮半空舟。

重庆南山一棵树观景台看夜景

（2020年11月9日）

万家灯火起伏落，
银霞明灭两江波。
满天星斗相辉映，
奇丽醉人嵌银河。

重庆大足（宝顶山）石刻

（2020年11月10日）

唐宋兴起明清殊，
大足五山开石窟。
栩栩如生诸神仙，
三教合一佛道儒。
世俗信仰教化人，
惩恶扬善性纯朴。

闻名遐迩八百年，
岩刻艺术一明珠。

夜逛重庆洪崖洞
（2020 年 11 月 10 日）

一层山岭一层楼，
层层吊脚古风悠。
依山就势沿崖起，
古朴老街楼上走。
巴渝文化民族风，
满山红灯映江流。
十一层顶瞰山城，
美轮美奂一眼收。

重庆白公馆
（2020 年 11 月 11 日）

歌乐山上白公馆，
黎明前夕最黑暗。
豺狼虎豹猖狂啸，
肆意猎杀绝人寰。
东方已亮遍红枫，
独裁屠夫心胆颤。
英勇志士不畏死，
敢洒热血写红岩。

重庆白公馆见英雄绣的红旗

（2020 年 11 月 11 日）

东方日出新国立，
热血男儿绣红旗。
一床被面红稠缎，
几张草纸五星迹。
遐想众星捧明月，
一主核心四边聚。
先烈无畏迎朝阳，
誓死忠贞志不移。

重庆磁器口古镇

（2020 年 11 月 11 日）

嘉陵江畔水码头，
一江两溪通街口。
昔日商铺千家店，
而今每日万人游。
青石板，吊脚楼，
古香古色古城州。
满街巴渝多神韵，
千年老镇逞风流。

由重庆乘长江黄金 6 号游轮到宜昌记

（2020 年 11 月 11 日至 14 日）

（一）

夜幕降临登游轮，
楼宇宫殿华惊人。
厅廊卧房赛宾馆，
日常生活如家庭。
寝前相约登船顶，
两岸灯火满天星。
沐浴江风神情爽，
舒展筋骨长啸声。
江流潺潺夜寂静，
巨轮悠悠平稳行。
夜深人乏躺床去，
两岸风光入梦境。

（二）

东方微白梦已醒，
轮停丰都待登程。
急上船顶观景色，
满板露水留脚印。
月牙弯弯如银钩，
大雾锁江听笛声。
绕栏疾走三千步，
两岸青山身后影。
云开雾散天空朗，
阳光洒照满船厅。

餐后编组下船去,
兴高采烈逛鬼城。
沿江而归观飞鸟,
午餐小酌陶冶情。
日中逐流向东下,
一觉醒来忠县城。
恳请离船逛街去,
移民新镇整洁新。
晚聚欢饮品佳酿,
猜捧划拳定输赢。
星夜亥时又启航,
梦中游向白帝城。

(三)

卯时起床天破晓,
艇穿晨雾奉节桥。
阳光升上江水面,
拾级登山游帝庙。
白帝城里无白帝,
皇叔稳坐中殿朝。
红日当头过瞿塘,
江花拍艇兴浪涛。
不悚穿峡动魂魄,
惊呼峻峰入云霄。
换轮转游小三峡,
两岸景色也奇妙。
轻舟荡漾水长廊,
穿梭峡缝云雾绕。
日斜归来频四望,

坐听船夫歌民谣。
黄昏回艇过巫山,
遍山红叶映天稍。
星夜慢行向秭归,
昭君故里梦新娇。

重庆丰都鬼城
(2020年11月12日)

魑魅魍魉活阎王,
教化凡人孝忠良。
心中无鬼不怕鬼,
浩然正气向太阳。

白帝城
(2020年11月13日)

瞿塘峡上一江岛,
群峰环抱忒娇小。
中外声誉何其大?
诗仙名篇胜广告。

游轮上观夔门（瞿塘峡）
（2020 年 11 月 13 日）

赤白两峰对峙开，
银河一泻冲门来。
壮丽画卷币上有，
身临其境更精彩。

过巫峡
（2020 年 11 月 13 日）

夕阳西下过巫峡，
满眼红叶漫山崖。
远望峭壁云间路，
忽见天上几人家。

长江三峡大坝赞
（2020 年 11 月 14 日）

江上长城第一流，
功德声名颂千秋。
华夏文明载史册，
人类奇迹誉全球。

政和美丽乡村石圳

（2020 年 11 月 18 日）

千年古村落，七星绕半岛。
山翠绿水新，沧桑岁月老。
古樟擎天伞，断垣残壁峭。
溪水清澈流，红鲤游小桥。
青石路通幽，白茶悠香飘。
田园风光秀，桃花源今朝。

游永泰天门山

（2020 年 12 月 13 日）

拾级而上登天门，
玻璃索桥飞壑云。
悬崖峭壁嵌栈道，
一河清流倒树影。
仙女浴池鱼浅底，
猕猴高枝戏游人。
几树红枫缀翠绿，
时听群鸟欢啾鸣。

在永泰摘芦柑

（2020年12月13日）

金黄芦柑挂满枝，
正是乐游采摘时。
轻问老伯哪个甜，
笑答不妨试一吃。
棵棵透香好诱人，
细选慢剪装篮子。
过磅斤两扫微信，
满载而归乐滋滋。

福州海峡文化艺术中心

（2020年12月16日）

五瓣茉莉吐芬芳，
花香四溢飘三江。
清雅靓丽放异彩，
闽都悉尼大殿堂。

陪全国人大代表试乘福平动车赴平潭考察

（2020年12月17日）

白龙呼啸会麒麟，
榕城海坛半时程。

百年梦想今日圆，
海上花园绽新春。

观平潭公铁两用大桥
（2020年12月17日）

海峡跃长龙，岚岛落彩虹。
啸风腾巨浪，海桥世界峰。

观福清海上风力发电
（2020年12月26日）

海上风车一排排，
白桦树林洋里栽。
水中取火依天势，
不竭动能随风来。

为官十莫
（2020年12月31日）

国家钱财莫要吞，
公车私用莫出行。
婚丧嫁娶莫敛财，
礼品礼金莫匿影。
利诱饭局莫偷吃，
违规获利莫经营。

公款旅游莫沾边，
花言巧语莫爱听。
狐朋狗友莫乱交，
人微言轻莫逞能。

闽侯闽越水镇

（2021年1月2日）

重建西安大唐城，
再现南疆明清镇。
水美乡居闽江岸，
穿越时空古越情。

晨练屏山公园见玉兰树缠红布御寒

（2021年1月3日）

远观红树绿叶花，
疑似新枝出奇葩。
近看玉兰裹红衣，
却是御寒不识她。

晨练回来见老爷爷为孙儿背书包送上学

（2021年1月4日）

爷爷背包步履艰，
学童自在两手闲。
老人不忍孙儿累，
佝偻身影好辛酸。
温室花朵惧风雨，
栋梁之材烈火炼。
雏鹰凌空成大鹏，
娇惯惜翼难飞天。

永泰看梅花

（2021年1月30日）

满山遍野披银纱，
小径幽香一地花。
北国傲雪苦争春，
南岭斗艳乐风华。

游芜湖观长江

（2021年2月7日）

昔日长江赛黄河，
而今玉带泛清波。

野鸭低飞亲戏水,
螃蟹游弋正爬坡。

观芜湖江边老海关大楼感想
（2021年2月7日）

通商开埠百年史,
荣辱相并一首诗。
饱经沧桑诉大江,
开放繁荣看今日。

傍晚芜湖长江边观落日
（2021年2月8日）

大江起红日,清流落翔鸟。
黄昏如清晨,山河壮丽娇。

三十多年后夜逛新修芜湖古城

（2021年2月8日）

难寻当年南门湾，
唯有半里青石板。
花街灯笼仍高挂，
老城新街重开颜。

参观安徽名人馆

（2021年2月9日）

皖山皖水出神功，
徽风徽韵育英雄。
山川文脉齐秀美，
地灵人杰竞辉荣。
帝王将相骚墨客，
文明前行挺先锋。
华夏灿烂江淮岸，
独放异彩耀星空。

游福州皇帝洞大峡谷

（2021年2月15日）

世外桃源蓬莱宫，
逍遥探幽望飞龙。
天际瀑布悬银河，

地质奇观巨石峰。
涛声绵延直扑耳,
清流叠泻曲向东。
半沟蝴蝶飞半山,
满峡鸟鸣歌满丛。

牛年说牛

（2021年2月17日）

拓荒不畏难，负重梗向前。
耕耘自奋蹄，勿须人扬鞭。
温顺性情柔，刚雄体魄健。
勤劳坚毅勇，无私默奉献。
躬身啃地草，昂首无媚谄。
忠诚为孺子，受辱忍恨怨。
若逼成斗士，威猛决死战。
牛年必牛气，国运势如天。

致敬脱贫攻坚殉职1800多人

（2021年2月26日）

莫说和平无牺牲，
脱贫攻坚有英灵。
精锐出战灭贫困,
呕心沥血植富根。
鞠躬尽瘁展大爱,
赤胆忠心只为民。

初心使命丰碑上,
彪炳史册千古存。

大仙峰下品大田美人茶

（2021年3月3日）

身披五色装，甘醇六味香。
美人出深山，大仙峰润养。

参观永安中央红军标语博物馆

（2021年3月4日）

老宅屯营少共师，
满院标语大宣示。
条条口号出党纲，
唤起工农改天日。
矢志不渝谋复兴，
为民造福心不止。
百年岁月沧桑变，
千秋功业勿忘史。

观永安文庙

（2021年3月4日）

文祖先圣千秋颂，
华夏后孙万世师。

夫子之道经天地，
燕城孔院敬先知。

夜逛冶山公园旁能补天巷

（2021年3月13日）

惊天动地名，不见女娲影。
小巷传神话，怜悯报善心。
万物皆生命，无故莫屠灵。
和谐济苍生，世间享太平。

厦门满街木棉三角梅

（2021年3月18日）

千树木棉花正繁，
万簇三角梅更艳。
交相辉映鹭岛靓，
万紫千红颂华年。

参观厦门特区四十周年图片展

（2021年3月19日）

胡里荒村响惊雷，
春风化雨百花蕊。
改革浪起鹭江潮，
沧桑巨变洒春晖。

弹丸小岛大都市，
海上花园白鹭飞。
四十春秋展英姿，
东南明珠五洲美。

参观福建省革命历史博物馆
(2021 年 3 月 23 日)

十万儿女闹革命，
三万子弟走长征。
为国牺牲勇猛战，
红旗不倒耀八闽。
八十三颗名将星，
六万英烈铸忠魂。
千秋功勋同日月，
世事沧桑百年春。

清明节上金寨县莲花山观乌龟石
(2021 年 4 月 4 日)

西莲山上伏巨龟，
东来驾云显灵威。
仙莲绽放千年盛，
神龟寿安几万岁。

经金寨红岭网红公路上莲花山

(2021年4月4日)

穿梭绿树间,盘旋百峰巅。
顶上观平湖,岭下听飞泉。
奇石嶙峋峭,林深笼云烟。
日照映山红,飞鸟翔蓝天。

清明节赴莲花山祭祖

(2021年4月4日)

春花烟火过清明,
孝子贤孙祭祖坟。
纸灰旋飞送钱去,
炮竹声响示后人。
黄土堆堆哀凄凉,
青山不语跪孝心。
慎终追远寄思念,
弘扬孝道重传承。

万物皆向阳

——晨练左海有感木棉花朝南生枝开花

(2021年4月10日)

万物皆向阳,草木南更旺。
人心有阳光,无畏世沧桑。

夜逛福州东街口花巷
（2021 年 4 月 19 日）

花巷无花静悄悄,
古榕蔓墙冠叶娇。
新旧教堂并排立,
神甫人间互不扰。

参观福建农科院无土栽培大棚
（2021 年 4 月 21 日）

棚下藤开花，绳上绿叶爬。
没见一撮土，瓜果满栅架。
不再靠天收，不怕风雨打。
节水省肥力，高产效益佳。

记第 26 个世界读书日
（2021 年 4 月 23 日）

人生不过百年景,
唯有读书通古今。
两眼难观五洲事,
大千世界书中寻。
遨游书海自得乐,
颜玉金屋任浏亲。

嘈杂尘世置身外，
墨香沁腑安魂神。

逛三明麒麟山公园
（2021年4月25日）

麒麟腾飞沙溪边，
祥云瑞彩笼三元。
喧闹城中一仙境，
最美山水大观园。

参观三明人民英雄纪念碑
（2021年4月25日）

火炬高擎麒麟山，
风展红旗映狼烟。
唤起工农千百万，
央苏作主把身翻。
百业待兴起新城，
穷山恶水换新颜。
文明先锋永向前，
英雄气概势如天。

建阳建盏

（2021年4月26日）

一盏满天星，万毫聚银盆。
闲情静心赏，无茗也醉人。

建阳孝亭古街

（2021年4月26日）

异域迁旧居，新地建古城。
清明上河园，大宋遗风生。
古樟树抱佛，书院半山村。
勾栏瓦肆景，循古而向新。

午逛福州秘书巷

（2021年4月29日）

绿树成荫悠悠静，
白墙黛瓦古韵深。
如此小巷得美名，
陆氏兄弟郎官称。

太姥山
（2021年5月1日）

太母植蓝羽化仙，
奇石皆神戍海天。
擎天一柱向苍穹，
洋上蓬莱极乐园。

太姥山十八罗汉岩
（2021年5月1日）

十八罗汉守太姥，
万年坚忍心不枯。
拔地顶天冲霄汉，
栩栩如生神飞舞。
跨山越海驱妖魔，
巡地察天腾云雾。
感召诸神齐相聚，
东海之滨一仙都。

过太姥山一线天
（2021年5月1日）

双手扶壁侧身下，
静气收腹慢慢爬。
蹲身绕过卡脖口，
一阵欢叫出石峡。

温州楠溪江石桅岩漂流

（2021 年 5 月 2 日）

老夫不忘韶年华，
激流险滩漂皮伐。
栈上游客嘘惊叹，
已闯漩涡出浪花。

楠溪江上石桅岩

（2021 年 5 月 2 日）

石桅高耸入云天，
专泊浙南溪江船。
观山漂流送客来，
一石赚得金钵满。

温州永嘉县芙蓉古村（文物国保）

（2021 年 5 月 2 日）

三座高崖如芙蓉，
千年古村多恢宏。
七星八斗天人应，
一片城堡卧西东。
寨门樵楼望四方，
主街如意通正中。

书院幽幽传耕读，
将军府第诉衰荣。

雁荡山千佛岩
（2021年5月3日）

绝壁成幛千佛岩，
百丈悬崖大神龛。
凌空摩天仙云飘，
美哉壮哉雁荡山。

观雁荡山大龙湫无水有感
（2021年5月3日）

早闻银河倾空下，
万马嘶风吼天涯。
心切急步赏龙颜，
今日怒气未爆发。
收敛狂妄抛绸带，
一斛珠玉随风洒。
悬挂丝幕水云烟，
龙宫无水晾山崖。

雁荡山大龙湫观巨石剪刀峰
（2021 年 5 月 3 日）

一看巨型大剪刀，二看小巧啄木鸟。
三看傻笨憨厚熊，四看妩媚美人娇。
五看桅杆顶天立，六看风帆破浪潮。
转角移步换美景，原石未动多相貌。

雁荡山灵岩景区观高空索道表演
（2021 年 5 月 3 日）

一根钢索锁双崖，
万尺高空玩杂耍。
蝙蝠侠人飞天下，
惊呼阵阵应谷峡。

游福鼎海上天湖
（2021 年 5 月 4 日）

崳山岛峰镶明镜，
三湖珠联日月星。
山海湖草花相融，
南国天山又一景。

夜逛福州城隍街观福建都城隍庙
(2021年5月7日)

幽巷深处藏古庙,
初见不识真面貌。
庙生一千七百年,
华夏城隍二长老。
供奉名臣祀良吏,
神界封号辈份高。
统领闽台十二府,
威镇都城万人朝。

母亲节颂母亲
(2021年5月9日)

天地无私最可亲,
人间大爱最有情。
任劳任怨最能苦,
无怨无悔最坚韧。
遮风挡雨最前面,
起早贪黑最艰辛。
儿女在外最牵挂,
知冷知热最操心。
谆谆教诲最平实,
激励关怀最上劲。
为儿前程最卖力,
吃苦耐劳最无声。

不求回报最甘愿，
不计功利最单纯。
启蒙教育最敬业，
一生关注最永恒。
言传身教最注重，
诲而不倦最笃行。
望儿进步最快乐，
失误错过最容忍。
花费钱财最无私，
恨铁非钢最痛心。
健康平安最期盼，
成家立业最高兴。
宽厚胸怀最博大，
护犊情深最唯真。
家庭事务最忙碌，
勤俭持家最节省。
接人待物最友善，
言谈举止最文明。
遭遇困难最坚强，
亲人和睦最欢欣。
形象气质最美丽，
唠叨话语最动听。
母爱力量最伟大，
家中有妈最温馨。

国际护士节敬护士
（2021年5月12日）

一袭白衣美天仙，
一脸春露润心田。
一双巧手抚病痛，
一只轻燕知热寒。
一束烛光燃希望，
一缕微笑温柔暖。
一面旗帜奖南丁，
一顶燕帽是王冠。

三坊七巷
（2021年5月19日）

起晋兴唐盛明清，
千年闽越一古城。
华夏古建博物馆，
名人荟萃聚精英。
思想启蒙烽火台，
革命党人赴风云。
半部中国近代史，
闽都文化集大成。

参观三坊七巷名人家风家训馆感

（2021年5月23日）

名人家风好，好风出名人。
教从家庭始，德由幼养成。
家是最小国，国育亿万民。
家国风正纯，民族日兴盛。

三坊七巷之三坊

（2021年5月23日）

衣锦坊
荣归故里进士第，
光宗耀祖帝苑气。
名声依附古名居，
衣锦还乡谁人忆？

文儒坊
文儒辈出代代有，
杰雄当数宋祭酒。
五代进士出陈氏，
六子甲科主承裘。

光禄坊
古坊御封已无势，
空留吟台难有诗。
刘家大院豪气在，
兄弟同榜两进士。

三坊七巷之七巷

(2021年5月24日)

杨桥巷

千年街巷不复存,
一座老宅振名声。
英雄美女同檐下,
传奇故事华夏闻。

郎官巷

刘氏德品高堂赞,
子孙数世为郎官。
由官而文仍旧名,
天演论主添新传。

塔巷

育王塔院成历史,
唯记开闽王审知。
别具一格示古巷,
坊门顶上矗标识。

黄巷

中原黄氏入闽来,
黄璞归隐作儒宅。
人文荟萃聚小楼,
文武相安矗声外。

安民巷
黄巢入闽作告示,
千古不易名今日。
官宦文人多旧事,
抗日救亡赋新诗。

宫巷
紫极宫名旧仙居,
明清院落多完璧。
宫内虽无帝王相,
近代群雄齐相聚。

吉庇巷
若感亏欠趋急避,
莫若庇佑吉祥意。
但愿苍生得呵护,
美好愿景街巷寄。

参观周宁县革命历史展览馆赞百丈岩九壮士

(2021年6月8日)

百丈豪情为苍生,
纵身一跳断敌兵。
壮士青春绽彩虹,
粉身碎骨未留名。

周宁鲤鱼溪
（2021年6月8日）

紫云山下清溪流，
色彩斑斓鱼拥游。
闻声而至眼前来，
竞相觅食齐聚头。
婀娜多姿成鲤精，
悠闲温顺又憨厚。
八百年来奉若神，
死后祭文入冢丘。

周宁滴水岩
（2021年6月8日）

水抱山环别洞天，
大雄宝殿岩中嵌。
泉线飘洒银珠帘，
八闽首景古先赞。

屏南小梨洋参观甘国宝故居
（2021年6月10日）

一代名将国之宝，
二度戍台卫海岛。
文武双全指画虎，
故里荣耀族自豪。

徽州古城

（2021年6月12日）

千年古城始于秦，
州县同府城套城。
八脚牌坊罕少见，
府衙耸立大前门。
古建民居百科书，
徽商故里育红顶。
新安徽学发祥地，
东南邹鲁盛世名。

参观陶行知纪念馆

（2021年6月12日）

世间再出一孔丘，
赤子之忱无余留。
知行合一贵在行，
万世师表功千秋。

歙县渔梁坝

（2021年6月13日）

横卧练江依龙山，
江南第一都江堰。

滋润田庄育徽商，

一坝成就名千年。

从歙县到黟县是画廊

（2021年6月13日）

云雾绕青山，溪流水潺潺。
身后古村落，眼前新禾田。
道路如彩虹，绿植荫两边。
时见荷花池，直入桃花源。
皖南山水秀，行走美画间。

黟县西递村

（2021年6月13日）

清溪入西流，牌坊出村口。
明清风貌展，古今相并筹。
青石板路净，高墙巷深幽。
徽派村厝落，粉墙黛瓦楼。
民居博物馆，砖木石雕秀。
千年风光好，桃花源里游。

黟县宏村

(2021 年 6 月 13 日)

月沼南湖波荡漾,
九曲十弯水圳长。
古树葱郁村前矗,
银河环抱流月光。
青藤盘爬深深院,
湖边垂柳随风扬。
书院祠堂多有派,
长廊楼庭骑高墙。
条条楹联奉读书,
副副门对劝善良。
山水画里古朴村,
民间故宫世遗榜。

林觉民

——陪上海市人大客人参观林觉民故居

(2021 年 6 月 24 日)

少年不望万户侯,
一心呐喊争自由。
拯救危难为民死,
满腔热血洒广州。
铁骨铮铮傲江湖,
情柔与妻书伤忧。
心地光明如白雪,
民主革命功千秋。

严 复
——陪上海市人大客人参观严复故居

（2021年6月24日）

物竞天择适者存，
华夏西学第一人。
不恋科举不羡官，
西天取经天演论。
一代宗师开民智，
教育救国为己任。
寻求真理立宿志，
维新变法摧腐清。

连江古民居三落厝

（2021年6月25日）

老庄仙境三落厝，
古风遗存四百年。
房中有溪溪上房，
溪水相连起云烟。
三进平铺无错落，
四合院里映蓝天。
西京风貌如天街，
东京消遣好悠闲。

夜观芜湖鸠兹广场"鸠顶泽瑞"雕塑

(2021年6月26日)

鸠兹振翅欲飞天,
顶起金球望江南。
勇猛精进神奇鸟,
生生不息翱翔然。

致敬七一勋章获得者

(2021年6月29日)

在党为党葆初心,
在岗为民大功臣。
高尚情操取忠义,
凡平作为抛利名。
危难关头挺身出,
不畏艰险勇牺牲。
理想坚定意志强,
默默奉献志永恒。

贺建党百年

(2021年7月1日)

百年磨难苦探寻,
百年红船亮航灯。
百年征战不畏苦,

百年曲折敢斗争。

百年火种大燎原,
百年理想为共运。
百年理论奉马列,
百年探索唯创新。

百年峥嵘心如初,
百年征战勇牺牲。
百年信念磐石坚,
百年风雨志坚定。

百年辛劳为大众,
百年努力重民生。
百年贫困攻坚除,
百年精神图振兴。

百年根基在民心,
百年向往富国民。
百年宗旨永不忘,
百年江山是人民。

百年发展国强盛,
百年辉煌世殊惊。
百年目标矢不渝,
百年道路向光明。

百年文化百花开,
百年科技肯攀登。

百年教育重育人，
百年传统赓续承。

百年外交谋大同，
百年友好共命运。
百年和平不称霸，
百年史诗五洲吟。

百年英雄千百万，
百年忠魂贯长城。
百年伟业千秋颂，
百年风华正青春。

百年征程示未来，
百年举旗特色新。
百年考验党最能，
百年证明马列行。

百年坎坷永不倒，
百年锤炼自身硬。
百年奋斗不止步，
百年梦想必复兴。

长征出发集结地之一宁化
——参观宁化长征出发纪念馆
（2021年7月7日）

风展红旗向宁化，
星星火种点万家。
中央苏区乌克兰，
扩红支前满山花。
六千子弟驱长征，
前护后卫绝命杀。
喋血鏖战英勇死，
血染湘江灌中华。

致敬孙丽美
（2021年8月17日）

卢碧袭来滂沱泪，
古朴山村水势危。
排险除患勇牺牲，
激流浪花绚丽美。

晚观莆田泗华陂
（2021年8月24日）

吼地欲飞伏苍龙，
华灯初上起彩虹。

玉鉴琼田碧浪流，
千年古坝出唐宋。

教师节赞时代楷模张桂梅
（2021年9月10日）

华坪一枝梅，引蕾万花开。
双手满药帖，苦心禾苗栽。
躬身无小我，弱肩担大爱。
提灯燃希望，筑梦情满怀。

"好好先生"画像
（2021年9月13日）

点头不摇头，是非不开口。
凡事皆圆滑，遇难绕着走。
人云他亦云，随波逐大流。
看似与人善，实则原则丢。
表面世无争，心盘小九九。
不求有政绩，但求无纰漏。
工作华不实，报喜不报忧。
墙头一棵草，风吹两边悠。
栽花不栽刺，夸美不说丑。
曲意逢迎人，办事看来头。
患得又患失，瞻前且顾后。
素餐占尸位，庸碌混日久。

贺神舟十二号载人飞船返回舱成功着陆

(2021年9月17日)

大漠戈壁金秋爽,
神舟英雄返故乡。
三郎倾力凌云志,
九十天地绘华章。
星辰大海入家园,
最长小驻两出舱。
天庭漫步巡寰宇,
浩瀚苍穹任翱翔。

写在第八个烈士纪念日

(2021年9月30日)

盛世华夏贺国庆,
天南地北祭忠魂。
英烈风骨千秋颂,
凛然浩气万代存。
丹心碧血傲中华,
举国哀思寄深情。
警笛长鸣凌云志,
伟大复兴阔步行。

观电影《长津湖》感

（2021年10月11日）

爬冰卧雪徒步走，
千里万里志不休。
兵势弱少枪械差，
饿食冰雪冻土豆。
勇猛智歼北极熊，
不畏强暴美走狗。
炼狱鏖斗入史册，
冰雕战士永不朽。

金秋十月浦城丹桂

（2021年10月27日）

长生二千五百岁，
华夏丹桂浦城最。
花开香飘一万里，
满城金黄惹人醉。

夜观浦城剪花嫂剪纸坊

（2021年10月27日）

一剪雕镂万千画，
千年技艺开新花。

巧夺天工指尖舞,
无墨绘画誉中华。

浦城九龙桂
（2021年10月28日）

一树花开红半天,
九龙戏珠彩云间。
华夏丹桂第一王,
千年葱郁香满山。

宋慈纪念园说宋慈
（2021年10月29日）

含恨屈枉向谁讼？
神探疾恶属宋公。
行侠仗义济贫弱,
昭雪除霸慰良忠。
洗冤集录四海传,
法医鼻祖万人崇。
一代廉吏五洲扬,
勤勉敬业一包公。

咏立冬
（2021年11月7日）

南国冬日未生寒，
晨练如夏着短衫。
极目远望满眼绿，
月桂馨香菊花艳。
广场酣歌舞翩翩，
鸟雀飞翔鸣啭欢。
微风习习送金秋，
乾坤盛世迎春天。

读郑板桥《吃亏是福》诗
（2021年12月2日）

为人君子大肚量，
蝇头小利莫牵肠。
小事包容应忍耐，
大处豁达休张狂。
人生委屈难避免，
超然待之心敞亮。
小耍聪明暂获利，
大智若愚福绵长。
既有所得无所喜，
纵有所失无所伤。
得人心者得天下，
聚人缘者聚仁方。

今晚阴雨勿悲切,
明朝天朗满阳光。
不是利禄皆浮云,
做人终在重善良。

福州杨桥路双抛桥
（2021年12月3日）

两河对流聚合潮,
一双鸳鸯遭恶讨。
清清溪流今不见,
凄惨爱情千年晓。

再观福州烟台山
（2021年12月9日）

一座烟台山，半部榕城史。
万国建筑馆，百年开放志。
昔日烽火台，而今游人织。
绵延老传统，绽放新城姿。

晨练登大梦山所想
（2021年12月19日）

小山大梦名，登高低湖云。
人穷勿志短，有梦才有景。

纪念毛主席诞辰一百二十八周年
（2021年12月26日）

少年立志出乡关，
胸怀天下看九寰。
改天换地换社会，
开辟神州新纪元。
千年华夏为雄杰，
一代天骄立泰山。

今又元旦
（2022年1月1日）

草木枯荣四时分，
周而复始又一轮。
今朝添岁人人有，
感叹岁月不饶人。
转眼已到花甲外，
扛枪还当一年兵。
苟日新，日日新，
夕阳年华也潮春。

清流中华桂花文化园

（2022年1月1日）

千亩广袤地，百品满园香。
典雅秀南国，豪放爽北疆。
四大家族全，六万妙女郎。
八百年宋桂，常青文天祥。

宁化天鹅洞

（2022年1月2日）

天鹅飞溶洞，洞天海阔空。
空中登楼阁，阁上石旗风。
风吹花果山，山涧出龙宫。
宫殿荡游船，船驶驭神功。

宁化石壁客家祖地

（2022年1月2日）

战乱出中原，避难入玉屏。
千年大迁徙，他乡遍九瀛。
客家人总庙，祈福石壁村。
朝圣拜始祖，梦牵华夏魂。

闽清坂东镇四乐轩古民居

(2022年1月3日)

四落一线同门向,

七柱八扇风火墙。

前后通透垂直进,

左右对称立书房。

庭院相连步步高,

迂回横插数弄廊。

蛎壁瓦屋清风韵,

宏伟壮观势辉煌。

腊八节

(2022年1月10日)

一碗腊八粥,几传故事说。

鬼神惹疾病,赤豆驱恶魔。

牧羊女施舍,达摩道成佛。

困牢煮杂谷,明成祖赖活。

饱餐千家粥,岳军奏凯歌。

久传成习俗,腊八吉祥和。

家家煮粥饭,店店卖红盒。

冬去春即来,眨眼又年末。

立春说春

(2022年2月4日)

春风劲舞春花开，
春色满园春潮来。
春笋露尖春草嫩，
春和日丽春艳采。
春雨绵绵春水绿，
春云悠悠春绵暖。
春茶吐芽春耕耘，
春暖人心春光乖。
春景如画春意浓，
春月如钩春梦怀。
春去夏来春满福，
春华秋实春气派。

参观龙窑建盏出窑

(2022年2月18日)

入窑脱胎换骨，
出世不老长生。
一龙千变万化，
百品一无重身。

有感立春后福建多地降雪
（2022年2月20日）

春后南方雪，冬时北国景。
老人啧罕见，儿童耍欢欣。

永福樱花园
（2022年3月7日）

樱红茶绿漫山野，
茶园长埂艳花街。
万株娇妍迎春放，
碧波翻滚舞粉蝶。
绿丛透红间相映，
花随坡上逐云阙。
如诗如画仙家境，
天上人间皆堪绝。

华安新圩镇官畲民族村
（2022年3月8日）

七彩畲山寨，四星游胜地。
葱茏绿林间，天上人云集。

华安仙都镇二宜楼

(2022年3月8日)

宜山宜水依天势,
宜家宜室屯福祉。
宜内宜外共和谐,
宜兄宜弟连理枝。
宜冷宜热皆春秋,
宜守宜攻御工事。
宜子宜孙人兴旺,
宜文宜武遐迩知。
阴阳二泉太极阵,
内外两圆自相适。

华安仙都镇大地村

(2022年3月8日)

翠岭飞九龙,大地落五凤。
圆楼华夏名,小村高山风。

家住一楼也挺好

(2022年3月23日)

电断梯停免爬层,
十步台阶进家门。
清晨小鸟飞阳台,

黄昏余霞落草坪。
北窗忙厨观童乐,
南台遐想闻芳馨。
莫道楼低无风景,
最接地气可舒心。

雨后屏山

(2022年3月26日)

晨曦斜照林,树梢披彩云。
雨露滴滴答,小鸟喳喳鸣。
花草碧绿翠,落叶铺黄金。
山径吐泥香,天物焕然新。

闽清雄江镇梅雄村

(2022年4月8日)

黄墙红瓦为谁家?
亲水民居半山崖。
布达拉宫万里迁,
闽江岸边一枝花。

观闽侯法治廉政文化公园中几则廉洁故事

(2022年4月8日)

"一钱太守"刘宠

一钱太守守清廉,
一世美名万代传。
一生不贪惩劣恶,
一心爱民堪典范。

二不尚书范景文

二不尚书不二心,
无畏奸佞誓忠诚。
门前公书拒嘱馈,
身后葆得冰玉名。

三鞭相爷李廷机

旷地策马轻三鞭,
不负皇恩不霸田。
相府貌似农家院,
两袖清风一生廉。

四知先生杨震

举头三尺有神明,
黑夜难匿无黄金。
若要无知己莫为,
惜廉之名胜性命。

屏山公园晨练见洋紫荆纷纷落花

(2022年4月14日)

一阵晨风起,天空落花雨。
林中铺锦绣,不忍留足迹。

南岛语族(平潭壳头丘遗址)

(2022年4月14日)

六千年前史文明,
万里海疆同语根。
独舟踏浪依星象,
麒麟开启远航程。

福州工业路上羊蹄甲花

(2022年4月19日)

羊蹄甲艳花满树,
绚丽多姿好媚妩。
红白相间竞绽放,
风微飘零彩蝶舞。

拜湄洲岛东蔡上林村天后（妈祖）祖祠

（2022年4月26日）

天降圣妃娘，千年奉信仰，
神灵庇四海，普济惠朝堂。

由莆田回福州高速路上遇强降雨

（2022年4月27日）

中巴如海轮，小车赛游艇。
疾驰飞浪起，窗外落涛声。

尤溪尚农农业生态观光园

（2022年4月30日）

满山滴翠云悠闲，
半月湖池嵌草原。
农舍袅烟仙人境，
亲子采摘百果园。

观尤溪联合梯田
（2022年5月1日）

天梯凌空依山高，
月牙轻舟向九霄。
千级万亩几山凹，
大地纹身美如娇。

夜逛福州赛月亭巷
（2022年5月4日）

千年古亭今不见，
朱子题名佳话传。
名人轶事留遗风，
小巷文明春依然。

柘荣十万亩鸳鸯草场
（2022年5月12日）

绵延起伏青峰岭，
通往天际望无垠。
十万绿茵芳草翠，
如画风景迷醉人。

小满感怀

(2022年5月21日)

少年狂妄心气高，
人生当有大目标。
世事无常难预料，
知足常乐是圣道。
小满即满无烦恼，
苛求奢望身心焦。
尽力而为老不懊，
能乐得乐最重要。

永安抗战旧址群上吉山村印象

(2022年6月1日)

千年老街秀，三水环桔洲。
古渡浮船桥，新柳曲径幽。
一堡九书院，两山千人游。
抗倭存遗迹，国宝处处留。

扣好人生第一粒扣子

——读中国纪检监察 2022 年第 8 期文章有感

(2022 年 6 月 9 日)

着衣首扣勿扣错,
首错处处难契合。
千里之行始足下,
万事开头莫蹉跎。
人生慎始方敬终,
少时养德惠家国。
防微杜渐日日省,
养痈遗患年年祸。

拜清源山老君岩

(2022 年 6 月 15 日)

声名孔孟并起,
道德经著世遗。
仙风道骨神韵,
老子天下第一。

泉州开元寺

(2022 年 6 月 15 日)

千年古寺出莲花,
闽中称雄第一家。

百柱殿里飞天女，
楼作桅杆落双塔。

泉州开元寺东西塔

（2022 年 6 月 15 日）

双塔凌空欲飞天，
巍然屹立八百年。
东西龛住众神仙，
威武勇猛护开元。

参观弘一法师纪念馆

（2022 年 6 月 15 日）

一世光阴两重日，
半生风流半佛痴。
旷世奇才名四海，
道高德重大法师。

在泉州听南音

（2022 年 6 月 15 日）

蓝蓝天空飘白云，
芬芳花丛飞流莹。
春风秋月沐人醉，
不知何意只关情。

在泉州看提线木偶《训猴》

（2022年6月15日）

细线牵木偶，巧手训顽猴。
指尖悬长丝，猴随弦音走。
轻松背箱出，潇洒放台口。
开箱取琵琶，弹奏如乐手。
上蹿下跳蹦，抓耳挠腮逗。
骑车玩杂耍，悬空独轮遛。
灵性逼真生，跃动传神透。
中华一绝技，声誉满五洲。

南靖书洋镇东歪西斜土楼

（2022年6月16日）

东歪西斜七百年，
华夏奇楼第一间。
擎廊撑瓦两边倒，
摇摇欲坠惊无险。
历经风雨几地震，
圆楼安如五重山。
奇迹堪比比萨塔，
高超技艺赛鲁班。

再访黄山黟县西递村

(2022年6月28日)

时隔一年再访问,
世界乡村获佳名。
黟青石街洁如洗,
席地而坐不染尘。

观黟县西递清代开封知府胡文照祖居悬挂"作退一步想"匾额有感

(2022年6月28日)

布袋和尚著名篇,
智慧知府悬佳匾。
为人处事莫呆痴,
豁达通融一片天。

夜逛黄山屯溪老街

(2022年6月28日)

三江汇流老街巷,
二里彩影一画廊。
徽商遗风今犹在,
茶楼酒肆人熙攘。
粉墙黛瓦曲巷幽,
歙砚徽墨十里香。

秦砖汉瓦涵古韵，
华夏文脉源流长。

参观中国徽州文化博物馆（二首）
（2022年6月29日）

其一

世外桃源仙人境，
新安山水入画屏。
东南邹鲁礼仪邦，
群贤荟萃灿若星。
商帮驰骋天下先，
贾而好儒五洲名。
民居庙宇独成派，
书画雕刻满堂盈。
一府六县神奇地，
千年文化沁徽韵。

其二

两府首字合称省，
徽山徽水徽人魂。
黄山风景固然美，
无徽哪来今日名？

参观安徽创新馆

（2020年6月29日）

往日展馆看古董，
钦佩史上老祖宗。
今朝欣然观创新，
更喜当下一万重。

有感永春岵山镇茂霞村五百年"夫妻"荔枝树

（2022年7月4日）

相守五百载，果实年年鲜。
唯有奉甘甜，永春不老残。

参观兴隆香业公司赞永春篾香

（2022年7月5日）

袅袅轻烟云悠闲，
扑鼻沁肺润心田。
芬芳飘悠东南亚，
一枝香燃三百年。

赞"蜘蛛人"清洗高楼外墙
（2022年7月6日）

一根缆绳系碧空，
秋千慢荡美楼容。
扯云一片揩汗水，
窗明墙亮飞彩虹。

懒人养花
（2022年7月10日）

桔梗花枝二尺高，
青藤蔓爬一墙角。
懒人养花少打理，
任其开落不宠娇。

长乐琴江满族村
（2022年7月11日）

八旗水师垒军营，
三江口上守国门。
御敌止乱灭海盗，
甲午之战勇献身。
昔日旗营今犹在，
东南一隅满州情。

百年沧桑浑融合，
千秋永祭民族魂。

连日高温今日入伏

（2022年7月16日）

气象已报十天警，
东南版图一片橙。
榕城早落洪炉中，
入伏赤热不觉惊。

大　暑

（2022年7月23日）

清早署气蒸，未动汗满身。
晨练减半功，急忙回家门。

在蕉城区民族小学见六名畲族少儿讲解员

（2022年8月2日）

满脸稚气犹自信，
一言一语寄深情。
萌娃堪比小博士，
畲族兴盛有来人。

宁德中华畲族宫
(2022 年 8 月 2 日)

族仗龙头仰天啸,
天下畲人共祖庙。
火耕文明千年史,
山哈忠勇好勤劳。

访霞浦溪南镇半月里畲族村
(2022 年 8 月 3 日)

半月宫里兴畲家,
玉兔礼拜古榕下。
弥勒佛笑迎宾客,
七狮环卫守山哈。

访霞浦崇儒畲族乡霞坪畲族村
(2022 年 8 月 3 日)

凤鸣台上擂战鼓,
畲家少女载歌舞。
百亩方塘荷花艳,
千层稻田叠山谷。
山野青青郁葱葱,
吊桥悠悠水汩汩。
农旅融合特色新,
山哈小康迈大步。

访霞浦三沙镇东山畲族村

(2022年8月3日)

小小畲家寨，大大多眷顾。
昔日穷山窝，今朝多富庶。
告别连家船，推倒茅草屋。
异地起新居，依山兴海都。
人人劳有得，户户持红股。
房屋整洁新，村道绿荫树。
开办村史馆，载纪奋斗路。
感恩好时代，承托领袖福。

福安穆云乡溪塔村中国最美葡萄沟

(2022年8月4日)

清清长河溪水流，
十里葡萄满山沟。
绿荫蔽日藤蔓茂，
不时珍珠触碰头。
伸手可抚玛瑙串，
低首望见鱼虾游。
漫步岸边品佳果，
火热盛夏似春秋。

访福安康厝畲族乡金斗洋畲族村
（2022年8月4日）

绿林寨堡山峦中，
彩旗猎猎民族风。
人人喜练畲家拳，
男女老少皆英雄。
老厝地落八挂阵，
少林天赐百年功。
长拳短打气神融，
一招一式显忠勇。

夜逛青海西宁一角印象
（2022年8月7日）

戌时仍见夕阳艳，
立秋好似二月天。
灯火阑珊游人织，
大街小巷多酒馆。
满街烧烤肉味鲜，
八方游客喜撸串。
民俗多彩高原情，
广场藏歌舞翩跹。

赞从西宁至青海湖沿途好生态
（2022年8月8日）

草场野苍垠，远山绿芜荒。
倒淌河清清，罕见牛和羊。

再游青海湖（二郎剑）
（2022年8月8日）

海插二郎剑，银浪白花卷。
沙草湖十景，湖海天一线。
蓬车藏歌扬，游轮揽胜远。
鸬鹚亲水飞，棕头鸥盘旋。
湟鱼浅边游，油菜花仍艳。
高原好画图，咋看都不烦。

从青海湖到果洛藏族自治州
（2022年8月9日）

俯瞰青海湖无边，
翻越高山到海南。
万只羊群浮白云，
百里沙滩青青然。
两面绵山河廊走，
惊讶涧溪水潺潺。
小憩温泉见明湖，

一路驰骋大平原。

旷野天高乌云集，

喜降小雨撒露甘。

追逐西阳向果洛，

举目远方见雪山。

赴果洛藏族自治州首府玛沁路上观敖包

(2022年8月10日)

玛沁路上观敖包，

轻声问好藏同胞。

入帐好奇探神秘，

牵出藏妞拍个照。

从青海玛沁到贵德的海东南山地

(2022年8月10日)

半尺地表层，万山绿茵茵。

不见一块石，难有一树影。

自然界神奇，专牧牛羊群。

嗨，一方水土，养一方人。

有感游青海在温泉和加拉乡镇如旱厕

（2022年8月10日）

小镇尚整洁，可惜多旱厕。
前店酒肉香，后院臭味烈。
莫道卫生差，饭时胃口绝。
厕所不革命，疫病必作孽。

参观青海海南藏族自治州贵德黄河清大桥有感

（2022年8月10日）

大桥名河清，今日水好浑。
悄声问地陪，连天暴雨浸。
往常澈透底，桥上观倒影。
母亲河源浚，全域造福民。

海北藏族自治州门源县草原蒙古包午餐

（2022年8月11日）

脚踏草地进毡房，
蒙族小伙托盘上。
先奉一碗酥油茶，
满桌堆盘烤牛羊。
刀割手抓大口吃，

茶肉鲜美满包香。
笑与主人聊风情,
蒙汉一家源流长。

藏鸳鸯
——参观青海海北藏族自治州门源县花海鸳鸯
(2022 年 8 月 11 日)

高原候鸟喜花香,
花痴当数藏鸳鸯。
丧失伴侣殉情死,
忠情惜爱凄悲怆。

观青海卓尔山因白云遮不见
(2022 年 8 月 12 日)

卓尔不凡懒露脸,
白云浮遮半边天。
游人蜂拥慕名来,
天境祁连不虚传。

登青海卓尔山西夏烽火台有感
(2022 年 8 月 12 日)

岁月倏忽世境迁,
烽燧不再起狼烟。

登台一拍随手微,
天涯海角尽传遍。

青海海北藏族自治州门源县照壁山
（2022 年 8 月 13 日）

古城九百年，仰仗照壁山。
天然大屏障，地遍生云杉。
登高瞰四周，美图绘八面。
脚下浮白云，抬头望祁连。
身临如仙境，留念贪忘返。
天地有大美，不妨游门源。

参观闽西苏维埃政府旧址展览馆
（2022 年 8 月 16 日）

苏氏新族兴闽西，
蒋家胆寒视如敌。
民主必破旧藩篱，
尝试当家奠鸿基。

连城兰花博览园作为矫正教育示范基地有感兰花

(2022年8月17日)

不喜艳态不好大,
独幽静养小草家。
人生如兰清淡雅,
莫羡牡丹富贵华。

晨练冠豸山下见石门湖

(2022年8月18日)

翡翠落奇峰,明月挂云空。
碧水千层漪,银湖万山丛。

晨练晋江江畔看晋江

(2022年9月1日)

晋江潮起涌晋江,
百川汇流聚百强。
乘势奔腾不停息,
浪花欢腾拥海洋。

观安溪悦泉行馆"不听不看不说""三不猴"石雕物件

（2022年9月1日）

大千世界万花灯，
尘事繁杂应清醒。
三不切莫自身保，
非礼勿乱贵有真。

参观中国微雕艺术大师许通海微雕艺术馆

（2022年9月7日）

微雕生涯五十年，
方寸之间绘宇寰。
独特技法堪神奇，
意念运刀心自然。
五千字装一厘方，
百枚印章书百万。
龙飞凤舞随意刻，
通灵奇巧神州传。

云霄向东渠

（2022年9月8日）

长龙飞跃数山峰，
吞云吐水势如虹。
好个江南红旗渠，
艰难岁月建奇功。

中秋喜逢教师节感

（2022年9月10日）

月圆教师节，中秋情更长。
三代五曾师，岳亲师成双。
先辈追孔去，吾代两转岗。
讲台终有人，儿教在南强。

晨练永春北溪文苑桃香湖畔

（2022年9月14日）

晨曦斜照桃园林，
杨柳轻拂湖光影。
坝桥花廊观瀑布，
远山悠悠布谷鸣。

赞松树
——见永春北溪山上许多松树因虫而死感慨
（2022 年 9 月 15 日）

不愧是劲松，死了亦英维。
万山满坡绿，点缀几片红。

余光中不仅仅有乡愁
——再参观永春余光中文学馆
（2022 年 9 月 15 日）

才融诗文一泰斗，
情系两岸最乡愁。
学贯中西名四海，
品高德重垂千秋。

德化县陶瓷博物馆
（2022 年 9 月 16 日）

水土相宜独霸天，
陶业兴盛三千年。
窑火相传瓷韵新，
誉满天下世惊赞。

参观德化国际陶瓷艺术城塑观音达摩弘一法师等艺术品

（2022年9月16日）

泥巴有灵魂，活化万般神。
妙手塑百态，尊尊栩栩生。

参观福州魏杰家训馆（故居）

（2022年10月11日）

布衣名士品行高，
田园诗人好情操。
读书效国立家训，
魏门人杰闽子骄。

屏山公园四见亭

（2022年10月17日）

名曰四见亭，环峰看不清。
虽落小山顶，隐居大树林。
历史留遗迹，越王常抚琴。
游客休闲处，屏山一美景。

再访尤溪桂峰古厝
（2022年10月18日）

下车闻桂香，上屋听蔡襄。
进士连举人，厝厝书芬芳。

尤溪梅仙镇半山历史名村
（2022年10月18日）

半山半水半月岛，
深山野河村貌姣。
竹篱木屋古香色，
彩墙高楼绘新潮。
水上舞台向天歌，
电商直播连海角。
城中才俊竞创业，
乡村振兴领风骚。

参观尤溪中国工农红军北上抗日先遣队纪念馆
（2022年10月18日）

北上抗日打先锋，
万里长征第一红。
闽赣儿女勇牺牲，
民族解放千秋功。

观尤溪朱子文化园所感

（2022年10月18日）

寻根朱子尤溪滨，

方知闽学第一人。

华夏文明百花放，

万紫千红总是春。

满招损　谦受益

——观尤溪朱子文化园两铁桶装水示警句感

（2022年10月18日）

满招损，谦受益，

处事为人大哲理。

饭吃七成饱，说话留余地。

有钱莫炫富，得理勿霸气。

有才夹尾巴，得势须克己。

成功不可傲，出名休狂喜。

自信别自负，正义应有义。

莫道比人强，高手在弄里。

满足一时乐，或毁一生誉。

追求无止境，自强且不息。

匾　额

——观尤溪中华匾额第一馆感

（2022年10月18日）

中华史文明，小匾大文化。

始创自秦汉，传承至当下。

字词句经典，义喻意博达。

微细妙雕功，精美神书法。
可悬于高堂，也落百姓家。
黎民颂功德，天子赐褒嘉。
官宦鉴自勉，商贾图财发。
宅居寄明志，堂庙传教化。
廊宇沐春风，园林生和雅。
华夏万诗章，宝库一奇葩。

邵武傩舞

（2022年11月17日）

无须情节无说唱，
面戴魔具鼓声响。
驱疫逐鬼避灾祸，
祈求神灵佑安康。

邵武和平古镇"福建第一街"

（2022年11月17日）

街市穿梭名居间，
青龙酣卧蛰邵南。
禾坪货物通九衢，
商贸繁华逾千年。

观和平古镇黄氏大夫弟有感黄峭教子

(2022年11月17日)

驱子策马出四方，
择木而栖即故乡。
信步天下独创业，
三七男儿当自强。

注：黄峭一生娶三妻每妻生7个儿子。

建阳书坊乡康宁古街千年前雕版印刷

(2022年11月18日)

雕版一条街，书肆百余家。
藏书万卷堂，建本千年画。

参观建阳太阳山革命历史纪念园

(2022年11月18日)

太阳山上出英雄，
闽北烽火一片红。
深山密林练精兵，
抗战谍报建奇功。

午休建阳红旗林场
（2022 年 11 月 18 日）

漫步似醉氧，小楼满木香。
头一挨枕上，立马入梦乡。

建阳麻沙镇水南村展室观游酢
（2022 年 11 月 18 日）

程门立雪千古名，
载道南归首功臣。
为政清廉问农苦，
诲子读书教化人。

浦城灵芝企业说灵芝
（2022 年 12 月 7 日）

一朵祥云浮深山，
千年传说长生丹。
始皇东海逐浪寻，
白娘子盗救许仙。
古来神话不可信，
扶正固本益保健。
瑞草兴业惠大众，
理气养生归自然。

参观浦城水稻"福香占"千亩示范片

（2022年12月8日）

省域国土数老三，
八山半水分半田。
群山环绕铺锦绣，
千亩沃野一平原。
稻丰质优当魁首，
闽北粮仓大贡献。
莫道地少碗不满，
科技兴农夺高产。

有感浦城一县八相

（2022年12月8日）

山延两脉水三江，
南北通达文兴昌。
城早于县西汉时，
临浦得名东越王。
千年县学千学子，
几多书院几多乡。
悠深历史育郎儿，
一代王朝八宰相。

古田临水宫临水夫人陈靖姑

（2022年12月15日）

母仪天下护妇婴，
舍身祈雨救苍生。
斩蛇除妖明善恶，
妈祖齐名又一神。

年末抒怀

（2022年12月31日）

周末月末又年末，
平凡岁月匆匆过。
去年翌日曾感叹，
扛枪一载也歇落。
转眼三十八秋去，
一身工装即将脱，
调整心态再出发，
过好二春美生活。